ロリータの罠

橘 真児
Shinji Tachibana

紅文庫

目次

装幀　遠藤智子

ロリータの罠

ロリまま

1

たまにはあなたも学校に行ってちょうだいと妻に言われ、大澤耕一《おおさわこういち》は渋々半日の有休を取った。

娘の紗耶《さや》は中学三年生である。通っているのは地元の公立中学校で、幼稚園や小学校のときからの友達と一緒だ。

ここらは郊外の文教地区であり、中流以上の教育熱心な家庭が多い。耕一は、我が子が幼稚園に通いだすのに合わせて、この地で建売住宅を購入した。三十五年のローンは荷が重いけれど、事件や騒動とは無縁な平和な街ゆえ、ひとり娘をのびのびと育てることができる。

紗耶が通う中学校はいじめもなく、先生たちも公立のわりに優秀な人間が多いらしい。耕一は安心して、学校のことはすべて妻に任せきりだった。

しかしながら、彼女にも仕事がある。授業参観や保護者会、個人面談などで学校に行かねばならないとき、どうして自分だけが仕事を休まなくちゃいけないのかと、以前から愚痴られていた。

親バカなのは承知の上、娘は心優しい素直な子だと、耕一は思っている。それでも年頃らしく、反抗的な態度を見せることもあった。

その相手は、もっぱら母親だ。おそらく接する時間が長いぶん、思春期の苛立《いらだ》ちをぶつける対象になってしまうのだろう。

とは言え、決して四六時中いがみ合っているわけではない。休日にはふたりで買い物に出かけることだってあるのだ。

それでも、反抗されれば親として面白くない。尚かつ学校へ行くことも押しつけられ、どうしてわたしばかりがと妻が不満を覚えるのも無理はなかった。

ストレスが高じ、夫婦関係に亀裂が入ってはまずい。中三で受験のことも気になるし、耕一は保護者会への出席を決断したのだ。

当日、仕事を午前中で切り上げて自宅に帰り、簡単な昼食をとってから、耕一は改めて学校へ向かった。

生徒玄関で受付の名簿に丸印を付け、全体会の会場である体育館に移動する。フロアに並べられたパイプ椅子には、すでに三十名ほどの保護者が着席していた。見れば、九割は母親である。

(どこの家も、お母さんが任されるんだな)

男親も、子供の教育に関心を持つべきだ。などと思ったものの、余所《よそ》の家庭をとやかく言える立場ではない。

今日は三年生の保護者会だ。全四クラスで、生徒は百四十名近くいる。体育館に集った保護者は、そこまで多くない。全体会の開始時刻まで五分ほどあるものの、この感じだと半数まで届かないのではないか。

昨今は共働きが当たり前だし、仕事を休んでまで学校に来るのは容易ではあるまい。そう考えると、こういう行事には必ず出席していた妻は、かなり熱心だったと言える。なのに子供から反抗されたら、不満が溜まるのも当然だ。

その後、時間ギリギリに駆け込みで入ってきた保護者もいて、最終的な人数は六十名ほどであった。

全体会は校長、学年主任の挨拶と続き、メインは進路指導担当による高校受験の説明だった。年度末に向けてのスケジュールが示され、待ったなしなのだとわかる。耕一は身の引き締まる思いがした。

紗耶はのんびり屋で、受験生の自覚に欠けている。そんな彼女に、妻は勉強しなさいと口うるさく言うものの、そのたびに反抗されるという悪循環に陥っていた。

これからは妻任せにしないで、自分も愛娘《まなむすめ》に注意しよう。耕一は心を入れ替え、手元の資料にメモを取りながら話を聞いた。

全体会が終わると、各クラスに分かれての学級懇談会になる。

三年A組の教室に入ると、自分の子供の席に着くよう、黒板に指示が書かれていた。机上には、紙を三角柱に折って横に倒した名札がある。場所はすぐにわかった。

クラスに集った保護者は、耕一以外はすべて母親である。居心地の悪さを覚えつつ、それとなく他の参加者の様子を窺《うかが》っていると、

「お隣、失礼します」

視界に入ってきた人物に目を疑った。

（え、あれ？）

白いブラウスにチェックのスカートという、若々しい身なりの女性。いささか場違いに映ったのは、とても保護者に見えなかったからである。

（ひょっとして、生徒が親の代わりに出席しているのか？）

そんなあり得ないことを考えてしまったほど、彼女はあどけない容貌《ようぼう》で、しかも小柄だったのだ。

近頃の中学生は、女の子でも体格がいい。娘の紗耶も、妻と変わらぬ背丈《せたけ》である。

けれど、隣の席に着いた童顔の彼女は、百五十センチぐらいしかない。顔は肌もツルツルで、からだつきも華奢《きゃしゃ》だ。頭のてっぺんから爪先まで、女子中学生にしか見えなかった。

しかも目がぱっちりとして、ピンク色の頬が愛くるしい、とびっきりの美少女である。

ついまじまじと見てしまうと、彼女がこちらを向く。不意を衝《つ》かれ、耕一は焦った。

「あら、紗耶ちゃんのお父様なんですね」

机上の名札を見た彼女が、口許をほころばせる。笑顔の愛らしさに、耕一の心臓は痛いほどに高鳴った。

「あ、はい。そうです」

「わたし、五條亜依里《ごじょうあいり》の母で、由実《ゆみ》と申します。ウチの子は、紗耶ちゃんに仲良くしていただいてるんですよ」

自己紹介をされ、保護者であることがはっきりする。また、娘に「アイちゃん」という友達がいることも思い出した。それが亜依里という子なのだろう。

「いえ、こちらこそお世話になっております」

頭を下げ、耕一も名乗った。訊《たず》ねられるままに、保護者会に出席したいきさつを話す。

「そうすると、奥様にばかり負担をかけないために？　お優しいんですね」

「いや、そんなことはありません」

「ウチのダンナなんて、いくら代わりを頼んでも、無理の一点張りなんですよ」

担任がやって来るまでの短い時間、初対面の童顔ママと打ち解け合う。由実の明るくて、ひとなつっこい性格のおかげであったろう。


その日の夕食どき、耕一はそれとなく娘に訊ねた。

「紗耶が言ってた友達のアイちゃんって、五條亜依里って子なのか？」

「そうだよ」

答えてから、紗耶が首をかしげる。

「え、アイちゃんに会ったの？」

「いや、お母さんと保護者会で」

「ふうん」

納得してうなずいた彼女が、面白がる顔つきで身を乗り出した。

「あのね、アイちゃんと、アイちゃんのママって、そっくりなんだよ」

「え、紗耶は亜依里ちゃんのお母さんも知ってるのか？」

「うん。家へ遊びに行ったことがあるから」

「ああ、なるほど」

「それでね、ふたりは姉妹っていうか、もう双子じゃないのってぐらいに似てるの」

言われて、耕一は素直に納得した。由実は小柄で童顔だし、親子なら似ていても不思議ではない。

「亜依里ちゃんにきょうだいはいるのかい?」

「いないよ。ウチと同じひとりっ子。ねえ、アイちゃんのママ、可愛かったでしょ」

娘の問いかけに、深く考えもせず「そうだね」と同意する。そのとき、妻が訝《いぶか》る眼差《まなざ》しを向けていることに気がついた。余所のお母さんに気を惹《ひ》かれたとでも思ったのか。

「まあ、子供的な可愛さだけどね。最初に見たとき、生徒が保護者会に出ているのかと勘違いしたぐらいだから」

「あー、あり得るかも」

笑顔を見せた紗耶が、母親に話題を振る。

「ママも、アイちゃんのママを知ってるよね」

ちょっと驚いた顔を見せた妻が、「ええ」とうなずく。常に反抗しているわけではないにせよ、娘から機嫌よく話しかけられて面喰らったらしい。

「たしかに、可愛らしい感じのひとだったわね。明るくて話し好きだし」

彼女も保護者会などで面識があったようだ。

「いくら見た目が若くても、中学生の子供がいるんだから、相応の年なんだよな」

耕一が言うと、妻が「それはそうでしょ」と相槌《あいづち》を打つ。

「でも、ママよりもずっと若いはずだよ。ハタチのときにアイちゃんを産んだって言ってたもん」

紗耶の発言に、妻が渋い顔を見せる。年寄り扱いされた気がしたのか。

(二十歳で産んだってことは、今は三十五歳ぐらいなんだな)

妻とは十歳、耕一ともひと回り違う。中学生の母親として若いのは確かながら、あの幼い容貌はいっそ犯罪的だ。

(旦那はロリコンなのかもしれないぞ)

産んだのは成人後でも、関係を持ったのは十代のときになる。そのとき、すでに結婚していたかどうかはわからないが。

中学生みたいな見た目は、当時から変わっていないのだろう。そんな相手を伴侶に選ぶのは、紛《まご》う方《かた》なきロリコンだ。

などと決めつけたものの、紗耶の説明で誤解だとわかった。

「アイちゃんのパパとママって、幼なじみ同士なんだって。中学生のときから付き合って、そのまま結婚したの。ステキじゃない？」

少女漫画にありそうな話に、憧れの面差しを見せる。中学生だし、好きな男の子がいても不思議ではないが、男親としては心配だ。

「ひょっとして、気になる幼なじみでもいるのか？」

何気なく訊ねると、彼女は首を横に振った。

「いないいない。昔から知ってる男子は、みんなガキっぽくて頼りないもの。それに、幼なじみって呼べるような仲でもないし」

あっさりと否定され、安心する。

「ま、今は男の子のことよりも、受験第一で頑張らないとな」

保護者会であった進路の話を思い出して諭すと、紗耶は面白くなさそうな顔で「はあい」と返事をした。

2

日曜日の午後、耕一は珍しく散歩に出かけた。運動不足だという自覚があり、せめて歩かなければと思ったのだ。紗耶が進学すればお金もかかるし、しっかり稼ぐためにも健康でなくてはならない。

自分が住んでいる街でも、駅までの通勤ルートや、最寄りのスーパーやコンビニへ行くときの道以外、耕一はほとんど歩いたことがなかった。未知のルートに足を進めながら、初めての景色に目を向ける。

(けっこう古い家もあるんだな)

自宅周辺は、比較的新しい家が多い。古かったものも、この数年のあいだに改築され、新興住宅地の趣《おもむき》すらあった。

ところが、狭い路地へ足を進めると、築三十年は優に超えていそうな物件が目につく。昔ながらのアパートもあった。

古くても、家屋や庭は小綺麗に手入れされているから、懐かしい感じの街並みに映る。こういうのも悪くないなと思った。

そんなふうにあちこち眺めながら歩いていると、少しも退屈しない。気がつけば、小一時間も経っていた。

（だいぶ遠くまで来たのかも）

スマホの地図で現在地を確認したところ、自宅からの距離はそれほどでもなかった。入り組んだ路地を丁寧に辿《たど》ったためだろう。ここらはまだ、娘の中学校区である。

せっかくだからもう少し歩こうと、今度は広めの道を行く。すると、新しめの建売住宅が並ぶ一角があった。

（ここって、前は緑地じゃなかったか？）

家を買うために内見《ないけん》で訪れたとき、この付近を通ったことを思い出す。住宅街の中にある自然に、心が洗われる思いがしたのだ。

ところが、生えていたはずの木は綺麗さっぱりなくなり、そこにあるのは家ばかり。開発優先の現実を見せつけられ、耕一はため息をついた。

そのとき、すぐ前にあった家のドアが開く。現れた人物に、心臓が大きな音を立てた。

「あら？」

ひとなつっこい笑顔を見せたのは、童顔の愛らしい女性――由実であった。ジーンズにTシャツと、いかにも普段着っぽい装いの。

（え、それじゃここは――）

表札の「五條」という姓が目に入る。娘の友達の家なのだ。

「こんにちは」

朗《ほが》らかに挨拶され、「ど、どうも」と頭を下げる。悪さをしているところを見つかった子供みたいに落ち着きをなくし、己の気の小ささが嫌になった。

「お散歩ですか」

「ああ、はい。近頃運動不足なものでして」

弁解するみたいな口振りにも、情けなさが募る。

「じゃあ、お急ぎじゃないんですね」

「ええ、まあ」

「よかったら、お上がりになりませんか？」

「え？　いや、それは──」

「紗耶ちゃんも、ウチに何度か遊びに来てるんですよ。ですからお父様も」

娘がお邪魔するのとは意味が異なると、もちろんわかっている。けれど、なぜだか言いくるめられてしまい、気がつけば靴を脱いで五條家に上がり込んでいた。

通されたところはリビングダイニング。キッチンがカウンターの奥にある造りは、耕一の家と同じである。

ただ、家そのものは、自分のところよりも大きい。新しいぶん見栄えもよく、駅からの距離は遠くなるものの、価格は五條家のほうが高そうだ。夫の稼ぎがいいのだろうか。

「ええと、ご主人は？」

ちゃんと挨拶をせねばと訊ねると、

「今日は仕事なんです」

由実が答える。

「亜依里も出かけてますので、家にはわたしひとりなんですよ」

チャーミングな人妻からそんなことを言われて、冷静でいられる男がいるものか。

（それじゃあ、おれとふたりっきりになりたくて？）

先走ったことを考え、そんな馬鹿なと胸の内でかぶりを振る。会うのは二回目なのに、どうしてそんな心境になるというのか。

要は、彼女に魅力を感じているから、そうであってほしいとあり得ない願望を抱くのである。結婚以来、浮気はもちろん、他の女性に目移りをしたことだってないのに。

（ていうか、おれ、ロリコンになったのか？）

年齢こそ三十代半ばでも、見た目はあどけない少女。そのギャップに惹かれるのか、それとも、ロリータっぽい愛くるしさに心を乱されるのか、自分でもわからなかった。

「そこに坐《すわ》ってください」

リビングのソファーを勧められ、怖《お》ず怖《お》ずと腰をおろす。三人掛けでクッションが柔らかく、尻が深く沈んだ。

（これも高そうなソファーだな）

ひと回りも下の男に、収入面で負けていることが悔しくなる。

もっとも、夫婦で稼いでいるから、こんないい家が買えたのかもしれない。もしかしたら、由実は幼い外見を売り物に、風俗店で稼いでいるのではないか。などと、失礼な想像をしたところで、

「お茶とコーヒー、どちらがお好きかしら」

声をかけられて我に返る。

「い、いえ、おかまいなく」

「あら、遠慮なさらなくても」

「遠慮じゃなく、喉が渇いていませんので」

それは嘘である。小一時間も散歩をして、何か飲みたいと思っていたのだ。長居をするわけにはいかず、申し出を断ったのである。

「そうですか」

どこか落胆したような顔を見せられ、罪悪感を覚える。そこまで頑《かたく》なにならずともよかったのではないか。

すると、由実が一転、明るい表情になった。

「あ、ちょっと待っててください」

言い置いて、彼女がリビングを出る。階段をのぼる足音が聞こえた。

（二階へ行ったのか？）

何の用事でと首をかしげる。あるいは、紗耶が遊びに来たときに忘れ物をして、それを持ってくるのだろうか。

由実はすぐに戻らなかった。間が持たずに室内をぼんやりと眺め、まだかかりそうだと見極めてから、キッチンに行って水を飲む。ひと心地がつき、再びソファーに坐ったところで、階段をおりる足音がした。

「え？」

耕一は目を疑った。リビングに入ってきたのが由実ではなく、制服姿の美少女だったからだ。着ているのは、愛娘のものと同じブレザーとスカート。ということは、

（亜依里ちゃんがいたのか？）

出かけていると由実は言ったが、実は二階で昼寝をしていたのだとか。だったら、どうして制服を着ているのだろう。

戸惑う耕一に、少女がニコッと笑う。

「亜依里だと思いました？　わたし、由実です。亜依里の制服を借りたんです」

悪戯《いたずら》っぽく目を細められ、ようやく理解する。目の前にいるのは、娘の制服を着た母親なのだと。

「お、驚かさないでくださいよ」

耕一は高鳴る心音を持て余していた。けれど、言葉通りに驚いたためではない。制服姿の由実に、強烈なエロティシズムを感じたからである。

見た目は少女。しかし、その実体は子持ちの人妻。中学校の制服をまとい、ご丁寧に紺色のソックスまで履《は》いている。

外見と中身の齟齬《そご》が、性的な匂いをあからさまにする。彼女はこれまでにも、このコスプレで愉しんできたのか。たとえば夫婦の営みのとき、マンネリを脱却して気分を高めるために――。

（いや、それはまずすぎるだろ）

母と娘は双子みたいにそっくりだと、紗耶は言った。制服を着れば、まさに娘そのものだろう。そんな妻に昂奮するのであれば、夫には娘を犯したい願望があることになる。

単に年上の男をからかうか、びっくりさせるつもりで、中学生の格好《かっこう》をしているだけなのだ。非日常的な状況をそう解釈したところで、耕一は身を硬くした。

由実がスカートをひらりと翻《ひるがえ》し、隣に腰掛けたのである。それも、腕が触れそうなほど近くに。

（ああ……）

甘美な記憶が蘇《よみがえ》り、陶然《とうぜん》となる。

異性への憧れがふくれあがっても、話しかけることすらできなかった十代。あの頃、同級生の少女たちが近くを通ると、ミルクのような甘い香りが鼻先を掠《かす》めたのを思い出す。それと同じものを、耕一は嗅いでいた。

（この子は、本当に由実さんなのか？）

疑問が頭をよぎる。未成熟な乳くささは、清らかな処女の証だ。三十代の人妻がさせているとは到底信じられなかった。

もしかしたら、彼女は母親ではなく、娘のほうなのではないか。

（いや、そんなはずがない）

家の前で会ったとき、彼女は迷わず大澤さんと声をかけてきた。娘の亜依里ならば、仮に何かで顔を知っていたとしても、紗耶ちゃんのパパと呼ぶだろう。おそらく外見が幼いから、由実は体臭も大人っぽくならないのだ。そうに決まっている。

「あら、どうかしましたか？」

顔を覗き込まれて、思わずしゃちほこ張る。くりくりした大きな目に、吸い込まれそうな心地がした。

一方で、いかにも大人びた口調に安堵《あんど》する。この子は由実で間違いない。

「──ああ、いや、あの」

しどろもどろに言葉を絞り出すと、彼女が可笑しそうにクスクスと笑う。明らかにからかわれているのだ。

「お願いしてもいいですか？」

「な、何でしょう」

「わたし、これから娘に成り切って話すので、大澤さんも紗耶ちゃんのパパとして振る舞ってください」

「え、どうしてそんなことを？」

「面白いじゃないですか。ほら、コスプレっていうか、イメージプレイです」

やはりこの格好は、由実にとって単なるお遊びなのだ。だったら気の済むまで付き合ってあげればいい。

「わ、わかりました」

了承すると、彼女が「よかった、うれしい」と両手を合わせる。声のトーンが上がったから、プレイがスタートしたようだ。

「あのね、紗耶ちゃんのパパに相談したいことがあるんだけど」

膝を揃えて坐り直した由実が、モジモジして肩をすぼめる。美少女の愛らしさを全開にされ、耕一は軽い目眩《めまい》を覚えた。

「なんだい？」

それでも優しく訊き返すと、上目づかいで見つめられる。

「あのね、あたし、もう中学三年生なのに、おっぱいがゼンゼン大きくならないの」

いきなり露骨な話題を口にされ、耕一は絶句した。しかも、由実がこちらの手を取り、自身の胸に導いたのだ。

る。

「ほら、ぺったんこでしょ」

ブレザー越しに触れたそこは、たしかになだらかな盛りあがりである。だが、ふにっとした弾力を感じたものだから、いったい何が起こっているのかと狼狽《ろうばい》する。

(どうしてここまでするんだ?)

夫の留守中に招き入れた男に、服の上からとは言え乳房をさわらせるなんて。すぐにやめるべきだと、理性が命令を発する。ところが、あどけない顔立ちとは裏腹の、艶めく眼差しに気がついたことで、耕一は彼女の意図を理解した。

(由実さんは、おれを誘っているんだ)

淫らなプレイに、娘の友達の父親を引き込もうとしているのだ。

子供が中学生ともなれば、まだ三十代と若くても、夫婦の営みから遠ざかっても不思議はない。そのため、由実は性的な不満を抱えているのではないか。

そんなふうに考えたのは、耕一自身が妻とご無沙汰だったからだ。最後にしたのがいつだったのか、思い出せないほどに。

よって、満たされていなかったのは、耕一も一緒である。

可愛いくてたまらない娘でも、耕一は紗耶を性的な目で見たことは一度もない。けれど、娘と同世代でも、余所の子なら別だとわかる。

ズボンの内側で、分身は早くも膨張していた。美少女の大胆な振る舞いに、耕一は激しく昂《たかぶ》っていたのだ。

(おれ、ロリコンになっちまったのか?)

いよいよ変質者に成り下がったのかと落ち込みかけたものの、そうではないと自らに言い聞かせる。

(由実さんは、れっきとした大人の女性なんだ。そのひとがこういう格好をしていることに、おれは昂奮しているんだ)

少女そのものに劣情を抱いているのではない。そう悟ったことで、ためらいが消え失せる。変態になったわけではないと安心したおかげで、これが不倫であることなど気にならなくなった。

とびっきり可愛くて、いい匂いがする女の子との戯《たわむ》れ。こんな機会が今後もあるとは思えない。まさに千載一遇なのだ。

控え目なふくらみを、耕一は優しくモミモミした。ブラジャーを着けていないらしく、カップの硬さは感じられない。

「はぁン」

由実が切なげに喘《あえ》ぐ。可愛いのにいやらしくて、頭がクラクラする。

「小さくても、これだけ感度がよければ気にすることないさ」

「ほ、ホントに？」

「うん。とっても可愛いよ」

彼女が恥じらって目を伏せる。いたいけな少女に悪戯をしている気分にひたり、いきり立った肉根がズボンの前を盛りあげた。

「……あのね、もうひとつ相談があるの」

「うん、なに？」

「あたし、毛が生えてないの、アソコに」

アソコがどこかなんて、確認するまでもない。いよいよ淫らな領域へ足を踏み入れるのだと、期待ばかりがこみ上げる。

「見てもらえる？」

了解の返事を待たずに、由実がスカートをたくし上げる。生白くてすらりとした脚が、徐々に全貌《ぜんぼう》を現した。

太腿《ふともも》は意外とむっちりしている。幼く見えても、実は三十代の熟れた人妻なのだと納得させられた。

パンティが視界に入る。赤いギンガムチェックの薄物は、ウエストと裾のゴム部分が白い。前についた小さなリボンが可憐《かれん》だ。

いかにも女子中学生っぽい下穿《したば》きは、制服に合わせて穿き替えたのだろうか。いや、普段から身に合ったものを愛用しているのかもしれない。

由実が両脚をソファーに上げ、からだを後ろに倒す。肘掛けを枕にして、剥《む》き身の下肢を年上の男に差し出した。

「脱がせて……パンツ」

掠れ声でお願いされ、耕一は頭が沸騰するかと思った。

「う、うん」

自身も十代の童貞少年に戻った気分にひたり、小刻みに震える指を下着のゴムに引っ掛ける。そろそろとずり下ろすと、彼女は言わずともおしりを浮かせてくれた。

太腿の途中で裏返ったパンティは、クロッチの内側に白い綿布が縫いつけてある。そこは中心が黄ばんでいたばかりか、白い粘液が付着していた。やはり制服を着たときに取り替えたのではなく、その前から穿いていたもののようだ。

あらわにされた女体の中心部に目を向けず、耕一がそんなところを観察したのは、無毛だという秘め園を見るのがもったいなかったからだ。それこそ子供みたいに、愉しみはあとに取っておきたかったのである。

そんな心情を察したのか、パンティがソックスの爪先から抜かれるなり、由実は秘部を両手で隠した。そのくせ両膝を立て、大胆にも脚をM字に開く。明らかに誘っていた。

「ほら、見せて」

声をかけると、彼女が「うん」とうなずく。ふっくらした頬を赤く染め、手をそろそろとはずした。

ゴクッ――。

喉が浅ましい音を立てる。勿体《もったい》ぶるようにして晒《さら》された秘苑は、言われたとおりに毛が一本も生えていなかった。

（ああ、可愛い）

ぷっくりと盛りあがった陰部に、縦ミゾが刻まれている。全体がピンクに染まったそこは、合わせ目だけがわずかに色濃い。穢《けが》れなきバージンそのものという眺めだ。

「……ね、ツルツルでしょ」

声をかけられてハッとする。見ると、由実は目に涙を溜め、羞恥《しゅうち》に肩をすぼめていた。プレイを盛りあげるための演技とは思えないほど、真に迫っている。

そのため、耕一は全身が熱くなるほどの劣情に苛《さいな》まれた。

「本当かな？　よく見せてね」

身を伏せて、暴かれた羞恥帯に顔を近づける。ミルクを煮つめたみたいな悩ましいパフュームが、ゆらゆらとたち昇った。

（ああ、これは――）

さっき、彼女が隣に坐ったときに嗅いだ、甘美な記憶を呼び覚ます香り。あれを熟成させ、汗の酸味をまぶした感じだろうか。わずかに含まれる、オシッコの残り香も好ましい。

（女の子のいい匂いは、アソコから出てくるものだったのか）

まさにフェロモンなのだと納得し、漂うものを胸いっぱいに吸い込む。陶酔の心地でヴィーナスの丘を観察すれば、剃り跡《あと》らしき細かなポツポツがあった。

（天然のパイパンってわけじゃないんだな）

コスプレをしたときに、ロリっぽく映《は》えるから剃ったのか。いや、近頃の女性は、外国人のようにＶＩＯラインの脱毛をしている者が多いと聞く。由実も流行りに乗っただけかもしれない。

どちらにせよ、幼女を思わせるワレメは背徳感が著しい。見ているだけでは我慢できず、耕一はむしゃぶりつくように口をつけた。

「キャッ、ダメっ！」

焦った悲鳴が聞こえたのもかまわず、閉じていた裂け目に舌を差し入れる。かすかな塩気が舌に広がった。

「イヤイヤ、そこ、キタナイのぉ」

すすり泣き交じりの抵抗が、演技なのか本気なのかよくわからない。どちらにせよ、やめるつもりはなかった。

(ここかな?)

敏感な尖《とが》りが隠れているあたりを、舌先でほじる。狙っていたものをうまく捉えたようで、華奢な肢体がビクンと波打った。

「あひッ」

鋭い声がほとばしる。ここで間違いないと、耕一は舌を細かく律動させた。

「あ、あ、ああっ、だ、ダメぇ」

由実が切なさをあらわによがる。頭を挟み込んだ内腿が、感電したみたいにわなないた。

(すごく感じてるぞ)

妻とセックスレスだったため、女性との親密なふれあいは久しぶりだ。ブランクを取り戻すべく唾液を塗り込め、滲《にじ》み出た愛液と一緒にぢゅぢゅッとすすり取る。

「くぅうーん」

甘える声を洩《も》らし、身をよじる美少女。本当は人妻だとわかっていても、愛らしい反応に現実感を失いそうになる。

（おれ、やっぱりロリコンになったのかも）

あどけない少女との戯れを、今後も求めるようになるのではないか。もちろん、そんなことをしたら手が後ろに回り、人生の破滅である。

しかし、心配は無用だ。欲望が募ったら、由実に頼めばいい。仮に、娘の制服を拝借するのが困難でも、少女らしい可愛い服を着てもらえれば気分が高まるだろう。

今後も親しいお付き合いをするには、徹底的に感じさせなければならない。そうすれば、彼女のほうから誘ってくれるはず。

舌づかいを激しくくし、ふくらんで硬くなったクリトリスをぴちぴちとはじく。女子中学生の身なりをした人妻はよがり、身悶《みもだ》え、ハッハッと息づかいを荒くした。

「だ、ダメ……もう――」

いよいよ極まったふうに背中を浮かせた次の瞬間、

「い、イク、イッちゃう」

愛らしいアクメ声を放ち、由実が昇りつめる。強ばった肉体のあちこちを細かく痙攣《けいれん》させ、「うっ、ううッ」と呻《うめ》いた。

3

ぐったりして胸を上下させていた美少女——人妻が、瞼《まぶた》をゆっくりと開く。耕一と目が合うと、トロンした眼差しで、

「イッちゃった……」

満足したふうな声音でつぶやいた。

キュートな痴態を見せつけられ、耕一は昂りの極致にいた。ブリーフの内側で、肉棒が熱い粘りを多量にこぼしているのがわかるほどに。ここまでの猛々《たけだけ》しいエレクトは、何年ぶりだろう。

由実がのろのろと身を起こす。ひと息つくなり、牡《おす》の高まりに手をかぶせた。

「あうっ」

快い衝撃に、耕一はたまらず呻いた。

「あ、大きくなってる」

嬉しそうに白い歯をこぼし、くるみ込んだ手指にニギニギと強弱をつける。それだけで射精しそうであった。

「ちょ、ちょっと」

「紗耶ちゃんパパ、あたしのオマンコにコーフンして、ボッキしたんでしょ？」

悪戯っぽい目を向けられ、居たたまれないのに鼻息が荒くなる。

「あたしがオマンコを見せたんだから、紗耶ちゃんパパもオチンチンを見せて」

いたいけな指がズボンの前を開く。言われなくても、耕一は尻を浮かせた。分身を一刻も早く握ってほしかったのだ。

ズボンとブリーフがまとめてずり下げられ、ゴムに引っかかった肉根が勢いよく反り返る。

「やん、すごい」

あらわになった凶悪な器官に、由実が目を見開いた。

「すごーい。オチンチンって、こんなにおっきくなるんだ」

初めて見るみたいな感想に、知っているくせにとは思わなかった。本当に、何も知らない少女に見せつけている気がした。

た。

「さわってごらん」

促すと、彼女が小さくうなずく。可憐な指が筒肉に迫り、遠慮がちに巻きつい

「おおお」

耕一はのけ反り、腰をガクガクとはずませた。ペニスを握られただけでこんな
に感じたのは初めてだ。

「あん、硬い」

怯《おび》えたように声を震わせながらも、由実が手を怖ず怖ずと上下させる。快感が
爆発的に高まって、少しもじっとしていられない。

「き、気持ちいいよ、由実ちゃん」

呼びかけると、彼女が上目づかいで見つめてくる。どこか不満げだったのは、
娘の亜依里に成り切ると言ったのに、耕一が本当の名前を口にしたからだろう。

それでも、由実は気分を害することなく、屹立《きつりつ》の真上に顔を伏せた。

「え、ちょっと」

焦って声をかけたのは、歩き回って汗をかき、その部分が蒸れているのを思い

出したからだ。匂いも強いはずである。

ところが、彼女は怯《ひる》むことなく尖端にキスをし、さらに鈴口周辺をチロチロと舐めた。

(ああ、そんな……)

不浄の部分に口をつけられ、罪悪感がふくれあがる。這い回る舌が小さくて、いかにも少女のそれだったから尚さらに。

亀頭全体に唾液をまぶしてから、由実が顔を上げる。

「ちょっとしょっぱい」

眉をひそめられ、耕一は反射的に「ごめん」と謝った。

「ううん。あたし、この味好きかも」

恥ずかしそうに頬を赤らめて告白に、愛しさが際限なく溢《あふ》れ出す。

「これ、オマンコに挿《い》れてもいい?」

矢も盾もたまらずお願いすると、彼女はわずかなためらいを示したあと、コクリとうなずいた。

「いいよ」

再びソファーに寝そべった由実に、耕一は下をすべて脱いで覆いかぶさった。

「初めてだから、優しくしてね」

いかにもな台詞《せりふ》を口にしても、男に慣れた人妻である。猛々しく脈打つものを握って、自らの中心に導いた。

「こ、ここ」

顔を真っ赤にして、入るべきところを指示する。恥ずかしいのではなく、彼女も期待にまみれているのだ。

ならば、遠慮することはない。

「挿れるよ」

予告して、腰を沈める。鉄のごとき如意棒《にょいぼう》が、熱い湿地帯にずぶずぶと呑み込まれた。

「はうう――」

由実がのけ反り、白い喉を見せる。そのときには、柔らかな膣肉がペニスにぴっちりとまといついていた。

（うわキツい）

やはり処女だから狭いのか。などと、設定と現実がごっちゃになる。

「入ったよ」

息を荒くしながら告げると、濡れた目が見つめてきた。

「うん……オマンコの中で、オチンチンがズキズキいってる」

舌足らずな声音で卑猥《ひわい》なことを言われ、快楽を求めずにいられなくなる。

「ああ、由実ちゃん」

耕一は気ぜわしいピストンを繰り出した。

「あ、あ、あ、あん」

由実が喘ぎ、掲げた両脚を腰に絡みつけてくる。それにより深い挿入が可能となった。

(うう、気持ちいい)

真上から叩きつけるように腰を振れば、蜜穴がちゅぷちゅぷと粘つく音をたてる。締めつけも著しく、すぐにでも爆発してしまいそうだ。

(いや、まだだ)

今後のためにも、彼女を存分に満足させねばならない。自分ばかりがさっさと果てるなんて御法度《ごはっと》だ。

　ソファーが軋《きし》むほどに荒々しく攻めると、由実が頭を左右に振って髪を乱す。

「ああ、あ、キモチいいっ」

　幼い容貌が淫らに蕩《とろ》け、いっそう魅力的だ。

　耕一は半開きの唇を奪った。吐息は果実みたいにかぐわしく、唾液はさらりとして甘い。深く舌を差し込み、口内も貪欲に味わうことで、肉体が芯まで火照《ほて》った。

「ん……ンふ」

　彼女も舌を与えてくれる。ねっとりと絡《から》ませ、上も下も深く交わることで、愉悦がぐんぐんと高まった。

「ふは――」

　息が続かなくなったか、由実がくちづけをほどく。息をはずませ、焦点の合っていなさそうな目で見つめてきた。

「あ、あたし……またイッちゃいそう」

　耕一もいよいよだったから、「いいよ」とうなずいた。

「おれも、もうすぐだから」

「じゃあ、いっしょに——」

ふたりの想いが一致して、愛の行為が佳境を迎える。濡れた摩擦が歓喜を呼び込み、結合部が卑猥なサウンドを奏《かな》でた。

「ああ、すごくいい。もう出るよ」

「うん、うん、出して。オマンコの中に」

「おおお、ゆ、由実ちゃん」

「あ、ダメ、イッちゃう。イクイクイクぅー」

絶頂して反《そ》り返る美少女の奥に、耕一は濃厚なエキスをドクドクと注ぎ込んだ。

4

後始末と身繕《みづくろ》いを終え、ふたりはソファーに腰掛けてまったりした。強烈なオルガスムスの余韻が、まだ完全に抜けきっていなかったのである。

そのとき、玄関のほうから音がする。誰か帰ってきたらしい。

耕一は我に返り、慌ててあたりを見回した。淫らな行為の痕跡がないか確認したのだ。

「ただいま」

リビングに入ってきたのは、由実とそっくりな少女。この子が亜依里なのか。

彼女が眉をひそめてこちらを見る。何かあったのかと訝るふうに。

そのとき、

「おかえりなさい、ママ」

隣にいた制服の美少女が、笑顔で声をかけた。

（え、ママ？）

耕一は混乱した。どういうことなのかと焦り、閃《ひらめ》いた答えに驚愕《きょうがく》する。

（じゃあ、おれが抱いたのは、由実さんじゃなくて亜依里ちゃん――）

人妻ではなく、女子中学生とセックスしてしまったのだ。

どうして亜依里が母親のフリをしたのかわからない。だが、理由なんてどうでもいい。

「し、失礼します！」

耕一は立ちあがると、その場から急いで逃げた。パニックに陥っていたし、他の手段が浮かばなかったのだ。そのまま五條家を飛び出し、全力疾走で我が家へ向かった。


「なによ、ママって」

亜依里が眉をひそめる。それから、制服姿の母親に、

「また勝手にあたしの制服を着て」

と、小言を述べた。

「ごめんね。ちょっと大澤さんをからかってたのよ」

朗らかに告げた由実に、娘が「え？」と驚く。

「大澤さんって、紗耶ちゃんのお父さん？」

「そうよ。ずっと亜依里のフリをして、お話をしてたの」

ふたりでいた状況を怪しまれないよう、由実は作り話をしたのだ。本当は何をしていたのかなんて、我が子に悟られるわけにはいかない。これまでも不倫をしたときは、同じように誤魔化してきた。

「相変わらず、シュミ悪いのね」

中学生の娘が、やれやれと肩をすくめた。

ママ友はロリ熟女

1

絵美《えみ》と会っていると、真理子《まりこ》はいつも十歳は若返った気分になる。何しろ彼女は、齢《よわい》三十六歳とは思えないほど若々しいのだ。そのため、同い年かつ友人である自分も、同じぐらいに若いと錯覚するのである。

「またその話？」

絵美が渋い顔を見せる。真理子がいつも同じことを言うからだろう。

「だって、絵美さんは本当に若く見えるんだもの」

真理子とて、美貌には自信がある。小学生の娘の授業参観に行くと、「リコちゃんのママってキレイだね」と、子供たちに称賛されるのが常だった。同世代の他のお母さんたちと比較しても、若く見られがちである。

一方、同じクラスに息子がいる絵美は、子供たちから「テッちゃんのママ、カワイイ」と取り囲まれ、友達みたいに話しかけられるのだ。顔立ちがあどけなく、背丈も成人女性の平均に満たないから、親しみを持たれるようだ。

絵美は、メイクなんて不要なほど肌がツルツルだ。声も高いし、言葉遣いもそこらの若い娘とほとんど変わらない。そのため、いつも女子大生ぐらいに見られるという。

ママ友たちで飲みに行っても、彼女だけが身分証の提示を求められるなんてザラである。それこそ制服でも着た日には、誰もが未成年と確信するはずだ。

実際、今でもたまに、高校時代の制服を着ることがあるそうだ。それも、夫婦生活に刺激を与えるために。

『ウチのダンナは十個も上だから、そのぐらいしないと元気にならないんだもん』

以前、絵美に理由を説明されたとき、真理子は眉《まゆ》をひそめた。いい年をしてコスプレをする友人を軽蔑《けいべつ》したのではない。四十路《よそじ》を過ぎて、疑似女子高生に劣情を催す彼女の夫に嫌悪を抱いたのである。男というのは、いくつになっても若い子が好きなのかと。

しかし、そんな見解が他人事で済ませられない状況に、真理子は直面していた。

「まあ、それはともかく、実は絵美さんにお願いがあるのよ」

居住まいを正して本題に入ると、絵美がきょとんとして目をパチパチさせる。いかにも何も知らない少女のように。

ここは真理子の家のリビングだ。昼下がりのひととき、子供が帰ってくるまでの束《つか》の間の平穏を、ふたりは美味しいお茶と楽しいお喋《しゃべ》りで過ごしていた。

「先月から、ダンナの甥《おい》っ子をウチであずかってるって話したじゃない」

「うん。浪人生の子でしょ」

「その子のことで、ちょっと心配なことがあって——」

真理子の夫には、地方住まいの兄がいる。その息子である甥の貴志《たかし》は、大学に落ちたあと、地元の予備校に通っていた。

受験まで残り三ヵ月。合格するためには、環境も整えて万全を期するものだ。

貴志の志望校は、東京にある総合大学である。受験する者もかなりの数にのぼる。

彼が住むのは牧歌的な田舎町。現役のときは大勢の受験生に圧倒され、実力が出せなかったそうだ。そこで、今のうちに都会の生活に慣れておけば、本番の試験でも緊張しないで済むのではないかと考えた。

かくして、貴志は東京にある同系列の予備校に移った。三ヵ月だけアパートを借りるわけにはいかず、ホテル住まいではお金がかかる。そのため、受験までのあいだ、真理子の家で面倒を見ることになったのである。

「まあ、もともと部屋がひとつ余ってたし、親戚の頼みを断るのも悪いから引き受けたんだけど」

「じゃあ、その貴志って子が、何かやらかしたの？」

「今のところは何もないわ。でも、先のことはわからないじゃない」

曖昧《あいまい》な返答に、絵美が怪訝《けげん》そうに眉根を寄せたので、順を追って説明する。

正直なところ、真理子は初対面から、貴志にいい印象を持たなかった。会うのは結婚式以来で、そのときは愛くるしい少年だったのに、今や長髪で薄らとヒゲの生えた、むさ苦しい青年に変わり果てていたのである。

浪人生なんてだいたいこんなものだろうと、見た目に関しては受け入れた。寡黙《かもく》で笑うことがなく、いつも不機嫌そうにしているのも、受験のプレッシャーゆえだと同情的に捉えていた。

貴志に貸した部屋は、ふたり目ができたときの子供部屋にするつもりだったから、あまり汚されたくなかった。そのため、彼が予備校に行っているあいだ、真理子が二日おきぐらいに掃除をした。そのことは本人にもあらかじめ伝えてあった。

寝床は、フローリングの床に厚手のマットレスを置いた。その上の蒲団が敷きっぱなしだったり、服や靴下が脱ぎっぱなしだったりというのはたまにあっても、酷《ひど》く散らかすことはない。とりあえず安心した真理子であったが、ゴミ箱いっぱいの丸めたティッシュには閉口した。漂う独特の青くささから、何に使ったのかは明らかだった。

十代の男の子が性欲過多で、自ら処理しないとムラムラし、勉強に手がつかないことぐらい承知している。まして、貴志は見た目からして彼女なんていなさそうだし、間違いなく童貞だろう。妄想をふくらませ、一日に何度もオナニーをしてしまうのではないか。

正直なところ、ザーメンティッシュをそのままにし、世話になっている叔母に始末をさせる無神経さに腹が立った。けれど、そもそも掃除をすると言ったのはこちらである。しょうがないかと諦《あきら》めた。

心配だったのは、有り余る性欲を愛娘《まなむすめ》のリコに向けるのではないかということだ。

いたいけな少女にしか興味を示さない男たち、いわゆるロリコンと呼ばれる連中がテレビや映画に登場するとき、その見た目は貴志にそっくりだ。真理子と話すときに正面から目が見られないのも、大人の女性を相手にするのが苦手なせいではないのか。

偏見だとわかりつつも、真理子は甥っ子のロリコン疑惑を払拭《ふっしょく》できなかった。ひとなつっこい娘が、同居の青年を「お兄ちゃん」と呼び、慕っていることにも不安を抱いた。

小学生の女の子に話しかけられても、貴志はほとんど生返事で、必要最小限のことしか答えない。それすらも、ヘタに笑顔など見せたらロリコンだとバレてしまうため、素っ気ないフリをしているような気がしてならなかった。実際は胸の内に、ドロドロした獣欲を秘めているのではないかと。

そんな疑心が確信に変わったのは、彼の部屋で卑猥《ひわい》な雑誌を発見したときだ。表紙ではセーラー服の少女が、しゃがんで下着を見せている。恥じらいのかけらもない挑発的な微笑だけで、内容は察するに余りあった。

あどけない面立ちの彼女が、本物の女子高生でないことぐらいわかる。いたいけな少女に欲情する男を満足させるために、それっぽい扮装をしているのだ。

雑誌は蒲団の下に隠してあった。何に使ったのかなんて考えるまでもない。ゴミ箱には抜きたてと思しき、香り高いティッシュもあった。

やはり貴志はロリコンなのだ。真理子は顔面蒼白となった。このままでは、いずれ愛娘が毒牙にかけられる。早急に対処しなければならない。でないと手遅れになる。

家庭内レイプ防止の方策を、真理子は懸命に考えた。

2

「んー、考えすぎじゃないのかなあ」

真理子の打ち明け話に、絵美は合点がいかないふうに首をひねった。

「そもそも女子高生と女子小学生じゃ、エッチの対象として全然違うじゃない。

リコちゃんが襲われるなんてあり得ないと思うけど」

「でも、セックスしたくて我慢できなくなったら、手近にいる異性で欲望を満たすっていうのは考えられない？」

「まあ、可能性はゼロじゃないか」

渋々認めた絵美が、今度はあきれた面差しを見せる。

「それにしても、今どきエロ雑誌なんて珍しいね。若い子なら、ネットでオカズを探すのがフツーなのに」

「あの子、勉強の妨げになるって、パソコンも持ってないのよ。ほら、動画サイトとか見始めると、止まらなくなるじゃない。ケータイもガラケーだし」

「へえ、徹底してるんだね」

「だからああいう雑誌を買ったのよ。それも、なるべく自分の趣味に近いものを。児童ポルノなんて今は御法度《ごはっと》だし、若い子の裸なんて、ああいうのがせいぜいでしょ」

「たしかに」

「そういう事情だから、絵美さんに協力してもらいたいのよ」

本題に入ると、若見えママが小首をかしげた。

「協力って、何をすればいいの？」

「やっぱり童貞だから悶々《もんもん》として、よからぬことを企《たくら》んじゃうと思うのよ。女を知れば気持ちに余裕もできて、幼い女の子をどうかしようなんて考えなくなるはずだわ」

この論にも、絵美が渋い顔を見せる。おそらく短絡的すぎると言いたいのだろう。

わかりつつも、真理子は無視した。他に方法が思い浮かばなかったからだ。

「だから絵美さんに、あの子の初体験の相手になってほしいの」

甥っ子である浪人生とセックスするよう友人に頼まれたのに、絵美は特に驚かなかった。そういうことだろうと、薄々勘づいていたのではないか。

「つまり、夫がいるあたしに浮気を勧めているわけね」

倫理的に問題があるという指摘にも、真理子は怯《ひる》まなかった。

「絵美さん、このあいだ愚痴ってたじゃない。最近は制服を着ても、旦那さんがなかなかその気にならないって。こんなことなら、もっと若い相手と結婚すればよかったとも言ったわよね」

「そ、それは……」

「ずばり、欲求不満なんじゃない？　だったらこの機会に、若い子としてみるのもいいんじゃないかしら」

「んー」

絵美が腕組みをして考え込む。即座に断らないのは興味があるからだ。本人は浮気と言ったが、夫以外の男とのセックスは、単なるアバンチュールぐらいのつもりでいるのではないか。

「うん……あたし、童貞の筆下ろしって、一回やってみたかったんだよね」

意欲的なことを口にしたあとの決断は早かった。

「いいよ。真理子さんとリコちゃんのために、ひと肌脱いであげる」

絵美が笑顔で引き受けてくれる。誰かのためにというより、彼女自身が若い男を試したいのだとわかっていたが、真理子は「ありがとう」と礼を述べた。

「ただ、ひとつだけ了承してほしいことがあるんだけど」

「え、なに？」

「無事に初体験が遂げられるかどうか、見届けさせてほしいのよ。童貞だから挿《い》れる前に出しちゃうとか、緊張して勃《た》たないとかあり得るわけじゃない。結局、できないまま終わっちゃったら、また別の対策を考えなくちゃいけないでしょ」

これに、ロリータママが訝《いぶか》しげに眉をひそめた。

「なんか、あたしが信用されてないみたいなんだけど」

「そんなことないわ。あくまでも念のためって話だから」

「ま、べつにいいけど。見られながらするっていうのも、刺激的でいいかもね」

可愛い顔をして、けっこう享楽的なようである。むしろそのほうがありがたい。

（これならうまくいきそうだわ）

貴志は童貞を卒業できるし、絵美も若い男と愉《たの》しめる。さらに娘も守れていいことづくめだ。

自身の計画に満足至極の真理子であった。

3

その日の午後、予備校から帰ってきた貴志が、リビングにいた見知らぬ少女にギョッとした顔を見せた。

「この子、わたしとは遠縁になるんだけど、エミちゃんっていうの。高校生よ」

真理子が紹介すると、

「エミです。こんにちは」

絵美が愛らしい笑顔で挨拶をする。貴志は「ど、どうも」と後ずさりした。制服姿の女子高生に、完全に呑まれているようだ。

まあ、本当は高校生ではなく、三十六歳の子持ち熟女なのだが。

怯みつつも興味を惹《ひ》かれていると見え、貴志はリビングを出て行こうとしない。直視はできないまでも、ソファーに腰掛けた絵美にチラチラと視線をくれている。短いスカートからはみ出した太腿《ふともも》が気になるのか。

目論見通りだと、真理子は立ちあがった。

「わたし、ちょっと用事があって、二時間ぐらい家を空けなくちゃいけないの。貴志君、エミちゃんの相手をしてあげてね」

「お、おれがですか？」

「そうよ。リコも友達の家で遊んでるから夕方まで帰らないし、あとはよろしくね」

彼が何か言う隙《すき》を与えず、真理子はさっさとリビングを出て玄関へ向かった。入り口のドアを音を立てて開閉したものの、外には出ない。足音を忍ばせて階段をのぼった。

そのまま貴志の部屋に入ったのは、絵美との蜜事を覗くためである。監視場所はすでに決めてある。ウォークインクローゼットだ。広さは一畳ほどで、服も数枚しか掛かっていないから、隠れるのには充分余裕があった。

折り戸には、換気用の可動式ルーバーがはめ込まれている。覗きのための隙間をこしらえても中は暗いから、物音でも立てない限り、外から気づかれる心配はない。

そこに真理子がいることは、絵美も知っている。万が一、貴志がクローゼットに近づきそうになったら、阻止するようにも頼んであった。

(すべて計画通りだわ)

クローゼットの中に入り、真理子はほくそ笑んだ。

リコは絵美の息子と一緒にママ友の家だし、夫は明日まで出張だ。邪魔が入る心配はない。あとは甥っ子が男になるのを見届けるだけである。

覗き見までする気になったのは、うまくいくのか気になったのに加え、単純に興味があったからだ。童貞青年と、疑似女子高生との初体験に。

あどけない外見のママ友に、欲求不満だなんて失礼なことを言ったが、真理子自身がそうであった。娘が生まれて以来、夫婦生活がめっきり減って、特にここ最近は、夫が出世して忙しくなったためもあり、最後にしてからかなり時間が空いていた。

よって、生セックスを鑑賞してストレスを発散するぐらいは許されるはず。べつに浮気をするわけではないのだから。

自らの行動を正当化して待ち構えていると、階段をのぼってくる足音がした。続いてドアが開く。

「へえー、ここが貴志クンの部屋なのね」

先に入ってきたのは絵美だった。興味深げに室内を見回すところなど、現役の女子高生そのものにしか見えない。夫婦生活でコスプレをするときも、真に迫った演技で夫をその気にさせていたのだろうか。

「じゃあ、ここでお話ししましょ」

絵美が誘い、貴志と並んで窓際のマットレスに腰掛ける。クローゼットにいる真理子は、ふたりを正面から見ることになった。これもあらかじめ打ち合わせした通りである。

（いよいよだわ）

真理子はコクッとナマ唾を飲んだ。

さすがに、直ちに抱き合ったりはしない。手順が大切だと絵美はわかっているようで、受験や志望校のことなどあれこれ訊《たず》ねた。

貴志のほうはと言えば、可愛い女の子とふたりっきりで落ち着かない様子ながらも、質問にはどうにか答えていた。悩ましげに眉根を寄せているのは、身を寄せている偽少女が漂わせる甘い香りに、悩ましさを募らせているからであろう。

（もう勃起《ぼっき》してるのかしら？）

気になって観察する。ジーンズの股間は心持ちふくらんでいるが、平常時をじっくり見たことがないため、違いがわからなかった。

「ねえ、貴志クンってキスしたことある？」

絵美がそれまでとは毛色の異なる質問をする。いよいよ本題に入るのだ。

「いや、ないよ」

貴志は馬鹿正直に答えた。

「それじゃあエッチも？」

「あ、当たり前だろ」

思ったとおり童貞なのだ。すると、絵美が思わせぶりににんまりと笑う。

「じゃあ、あたしがエッチさせてあげよっか」

誘いの言葉に、童貞青年はあからさまにうろたえた。

「い、いや、でも……エミちゃんは、け、経験あるの？」

「当たり前じゃない。今どきのＪＫに、エッチは必修科目だもん」

真理子は思わず顔をしかめた。絵美の言い回しが古くさい気がしたのだ。

しかし、降って湧いた幸運に舞いあがっている貴志は、そんなことを気に留める余裕などなかったらしい。

「じゃあ、いいの？」

前のめり気味に確認した彼に、絵美はいきなり抱きついて唇を奪った。

「ん――」

貴志がフリーズする。重なったふたりの唇のあいだに隙間ができて、そこに蠢《うごめ》くものが見えた。絵美が舌を入れているのだ。

（すごい……）

ラブシーンをライブで見るのなんて初めてだ。ドラマや映画よりずっと生々しいのは、どちらも知った人物であることも関係しているのか。絵美が膝《ひざ》を離したため、ピンク色のパンティが見えており、そんなところにもドキドキしてしまう。

「んふっ」

貴志が鼻息をこぼし、身を震わせる。見ると、絵美の手が彼の股間に触れていた。濃厚なキスで舌を絡《から》ませながら、敏感なところを愛撫していたのである。

「ふう」

長いくちづけを終え、絵美がひと息つく。赤らんだ頬が色っぽく、実際は三十六歳の人妻なのだと実感させられた。

「ねえ、オチンチン、もう大きくなってるみたいよ」

「え、エミちゃん」

「あたしに見せてね」

絵美が慣れた手つきでジーンズの前を開く。

「おしり上げて」

青年が指示に従うと、躊躇《ちゅうちょ》なく引き下ろした。しかも、中のブリーフごとまとめて。

ペチン――。

ゴムに引っかかった肉茎が勢いよく反《そ》り返り、下腹を叩く。

(え、ウソ)

あらわになった牡《おす》のシンボルに、真理子は目を瞠《みは》った。筋張った肉胴に血管を浮かせたそれは、くびれの段差も著しく、見るからに凶悪な様相を呈していたのである。

「わあ、すごい。おっきいね」

絵美も同じ感想を持ったらしく、目を丸くする。怖《お》ず怖《お》ずと握ったものの、手が小さいから指が回りきらない様子だ。

それでも、童貞の青年にはたまらなく快かったと見える。

「ああああっ」

声を上げ、膝をガクガクさせる。そそり立ったモノが、さらにひと回りもふくらんだようであった。

(童貞なのに、あんなに立派だなんて)

セックスの経験と性器の大きさに関係はないと、もちろんわかっている。だが、ロリコンなのは性器のサイズに自信がないせいだと思い込んでいたためもあり、夫のモノより遥かに優れたイチモツが信じ難かった。

ただ、全体にナマ白いのと、亀頭がサクランボのような鮮やかな赤みを呈しているところは、まさにチェリーの趣《おもむき》だ。

「あたしの手、キモチいいの？　オチンチン、すごく硬くなったよ。鉄みたい」

「うう、え、エミちゃん」

「よく見せてね」

手にしたものに、絵美が顔を近づける。張りつめた粘膜付近で、小鼻をふくらませた。

「スルメみたいな匂いがする。ひょっとして、朝からオナニーしたの？」

指摘され、貴志が顔を情けなく歪《ゆが》める。図星だったのか。

「でも、この匂い、あたしはけっこう好きなんだけどね」

彼女はそう言うなり、ふくらみきった頭部を口に入れた。

「あああっ！」

貴志がのけ反って声を上げる。女性を知らない身で、いきなりフェラチオをされたのだ。どれほどの快感を得ているのかは、彼の反応からも明らかだ。

「や、やめ――」

もはや言葉も出せないふうに、息をハッハッとはずませる。半脱ぎのジーンズを絡ませたまま、膝がせわしなく曲げ伸ばしされ、少しもじっとしていなかった。

チュッ、ピチャピチャ……。

しゃぶる口許から、淫らな水音がこぼれる。時おり舌もはみ出して、武骨な筒肉をてろりと舐《な》めた。

（すごいわ……）

真理子もフェラチオはとっくに経験済みだが、他人がするところはとてつもなくいやらしい。

十歳年上の夫にも、絵美は普段から奉仕しているのだろうか。元気のないペニスをエレクトさせるために。今も頭を熱心に上下させ、唇で棹《さお》をこすり、青年を歓喜にまみれさせる。

「ちょ、ちょっと待って」

とうとう貴志は音を上げた。

「どうしたの？」

絵美が顔を上げて訊ねる。唾液で濡れた口許を、手の甲で拭《ぬぐ》った。

「あの……出ちゃいそうだから」

「え、もう？」

女子高生に扮した人妻が驚きをあらわにしたのは、なかなか臨戦状態にならない夫と比較したためかもしれない。それだけに、射精しそうなほど感じてくれたのが嬉しかったのではないか。

「いいよ。だったらイッて」

「え？」

「このままエッチしたら、すぐにイッちゃって愉しめないでしょ。一度抜いてスッキリしたほうがいいわ」

絵美がニッコリ笑い、再び若いペニスを口に入れる。今度は最初から頭を振り立て、ダークブラウンの髪をはずませた。

「あ、あ、駄目」

貴志が脚をジタバタさせる。しかし、それは文字通りに無駄な足掻《あが》きでしかなかった。たちまち最後の瞬間が訪れる。

「エミちゃん、ほんとに出ちゃうよ」

泣きそうな声で告げられても、おしゃぶりは続けられる。ほとばしるものを口で受け止めるつもりのようだ。

「ああ、あ、もう駄目、いく」

マットレスの上で尻をはずませ、貴志は「おおおっ」と雄叫びをあげた。

「ン――――」

絵美の動きが止まる。青くさい粘液が口内に放たれたのだ。

だが、怯んだのは一瞬で、すぐさま頬をすぼめて吸いたてる。「ああ、ああ」と情けない声が、彼女の耳にも届いたであろう。

間もなく、青年が力尽きたように後ろへ倒れる。胸を大きく上下させ、からだのあちこちをピクッ、ピクッとわななかせた。

(出しちゃったんだわ……あのドロドロしたやつを)

牡の絶頂を見届け、真理子は悩ましさを覚えた。無意識に腰をくねらせたとき、パンティのクロッチが秘部に張りついているのに気がつく。触れなくても、そこがじっとりと湿っているのがわかった。

(やだ、わたしったら……)

そのとき、絵美がそろそろと顔を上げる。唇をキュッと結び、天井を向いて喉を上下させた。

「はあー」

ひと仕事やり遂げたというふうな、満足げな面持ち。

「いっぱい出たわよ。それに、すごく濃かったわ」

笑顔の報告に、貴志は何も答えない。あるいは、居たたまれなかったのだろうか。

(飲んじゃったのね、絵美さん)

友人の奔放《ほんぽう》さに圧倒されつつ、新たな蜜がトロリと溢《あふ》れるのを、真理子は感じた。

4

「じゃあ、ここに寝て」

まだボーッとした顔つきの貴志を、絵美はマットレスに仰向けで寝かせた。

たっぷりと精を放ったペニスは、さっきまでの凶悪さが嘘のように縮こまり、陰毛の上に横たわっている。亀頭も半分ぐらいが包皮に隠れていた。

「ふふ、可愛い」

生殖器としては役立たずの姿に、絵美が口許をほころばせる。まだ肝腎の初体験を遂げていないのに。再び勃起させられる自信があるのだろうか。

彼女はスカートの下に手を入れると、桃色の下着を脱ぎおろした。それから、青年の胸を膝立ちで跨《また》ぐ。おしりを顔のほうに向けて。

「え――」

貴志が目を見開いた。

絵美のスカートは、太腿の大部分が裾からはみ出すぐらいに短い。それを下から見あげれば、中がまる見えだろう。おまけに、彼女はパンティを穿《は》いていないのだ。

「それじゃ、オマンコを見せてあげるね」

禁断の四文字を平然と口にして、絵美が前屈みになる。スカートも腰までたくし上げておしりをまる出しにし、丸みを貴志の眼前に突き出した。

「ナマのオマンコって初めてだよね。どう？」

感想を求められ、童貞青年は感激の面持ちでうなずいた。

「うん……すごく綺麗だ」

「ホントに？　グロいだけだと思うけど」

「そんなことないよ。毛も生えてないし、可愛い感じがする」

この返答に、真理子は（え？）となった。

（絵美さん、アソコの毛を剃《そ》ってるの？）

あるいは、いたいけな少女っぽく見えるようパイパンにしたのか。夫を昂《たかぶ》らせるために、前々からそうしていた可能性もある。

もっとも、昨今はＶＩＯラインを処理する女性が増えているという。性的な意図などなく無毛にしているのかもしれない。

どちらにせよ、そのせいで貴志が昂っているのは間違いなさそうだ。

「毛のないオマンコ、好き？」

その問いかけは、ロリコンかどうか見極めるためのものだったのだろう。

「うん、まあ」

貴志は曖昧な返答をした。質問の意図を察して、正直に答えたらまずいと思ったのか。

「じゃあ、舐めてくれる？　あたしもフェラしてあげたんだし」

お返しを求められ、青年はすぐさま頭をもたげた。ふっくらおしりに顔をくっつけられるなり、絵美が「ああん」と嘆いて身を震わせる。

「ごめんね。あたしも洗ってないから、そこ、くさいかも」

これに、貴志は「んーん」と呻《うめ》き、首を横に振った。そんなことはないと伝えたかったようだ。次の瞬間、

「あひっ」

絵美が鋭い声を発し、のけ反ってヒップをプルプルさせた。

「き、キモチいい。もっとぉ」

童貞に秘苑をねぶらせて、あられもなくよがるロリ人妻。一方的に奉仕させるのではなく、自身も萎《な》えた秘茎を含み、ちゅぱちゅぱと吸いしゃぶった。

（こんなの、いやらしすぎる……）

繰り広げられる男女の戯《たわむ》れに、真理子は息苦しさを覚えた。

シックスナインに耽《ふけ》るふたりを横から見ているため、肝腎なところはほとんど視界に入っていない。にもかかわらず、胸が締めつけられるほどに卑猥《ひわい》だ。ひとりは同い年の友人なのに、本当に若いカップルの痴態を見せられている気になった。

おかげで、肉体の中心が切ないまでに疼《うず》く。クロッチの裏地はヌルヌルで、もはや布地が吸い込める限界を超えていた。

我慢できず、真理子はスカートの中に手を入れた。下着の中心をまさぐれば、案の定じっとりと湿っている。外側にまで粘っこいものが沁《し》みだしていた。

「くぅ」

クロッチ越しに敏感なところを圧迫しただけで、声が出てしまう。気づかれたらまずいと口許を引き締め、邪魔っ気な薄物を脱ぎおろすと、真理子は指を歓喜の源に這《は》わせた。

(あん、こんなに)

指に熱い粘りが絡みつく。ここまで濡れたのは初めてではなかろうか。

声を洩《も》らさないよう気をつけながら、真理子は恥芯を玩弄《がんろう》した。

クローゼットにひそみ、友人と甥っ子の戯れを覗き見ながらのオナニー。客観的に見ても惨《みじ》めな状況なのに、快感は著《いちじる》しかった。喘《あえ》ぎ声を抑えるのが困難なぐらいに。

(あん、オマンコ気持ちいい)

などと胸の内でつぶやいたのは、絵美に影響されたためなのか。

自分もここを舐められたい、熱い舌を膣に入れられ、グチュグチュにかき回してもらいたい。淫らな欲求が際限なくふくれあがる。

しかし、残念ながらそれは叶わない。慰めるものは自らの指しかなかった。

虚《むな》しさに駆られつつも悦びを求め、敏感な肉芽を指頭でこする。それだけではもの足りなくて、もう一方の手も添えると、指を二本揃《そろ》えて蜜穴にもぐらせた。

「う――――ンぅ」

堪えようもなく呻いてしまう。体内に甘美な火花がパッパッと飛び散った。

マットレスの上では、ロリ人妻が頭を上げ下げして牡器官を吸いたてる。口許からはみ出した肉色の棒は筋張って、逞《たくま》しさを取り戻していた。

「ぷはっ」

息が続かなくなったか、絵美が男根を吐き出す。唾液に濡れたそれは禍々しさを際立たせ、亀頭がさっきよりも赤黒いようだ。

「オチンチン、おっきくなったよ。ね、エッチしよ」

呼びかけて、彼女が腰を浮かせる。口許をべっとり濡らした貴志の横顔は、どこか不満そうだった。もっと秘苑を舐めたかったのかもしれない。

それでも、絵美が向きを変えて腰に跨がり、そそり立つモノを逆手で握ると、表情が変化する。今度は期待が溢れていた。

(いよいよするんだわ)

かなりのところまで高まっていた真理子は、指の動きをセーブした。どうせなら、セックスするところを見て昇りつめたかった。

「じゃあ、いよいよ童貞卒業だね」

絵美がにこやかに告げる。女子高生が、年上の男の初めてを奪うのだ。偽物だとわかりつつも、真理子は作られた設定のほうに感情移入し、その瞬間を待ちわびた。

「こんなにおっきなオチンチン、オマンコに入るかなあ」

などと言いながら、猛《たけ》る剛直は坐り込んだ彼女の膣に、難なく呑み込まれた。

「あはぁっ！」

絵美が上体をピンとのばす。まさに杭を打たれたかのごとく、剥《む》き身の太腿をプルプルと震わせた。

「ああ、あ」

貴志も胸から腹を波打たせる。半開きの唇から、熱い吐息をこぼしているに違いない。

「あん、オマンコの中がキツキツだよぉ」

淫らな言葉遣いで状況を説明し、絵美が大きく息をついた。

「貴志クンのオチンチン、ちゃんと入ったよ。もう童貞じゃないんだよ。おめでとう」

お祝いされて、貴志が眩《まぶ》しそうに彼女を振り仰ぐ。不思議なもので、陰気だった青年が垢抜《あかぬ》けたかに見えた。

「初めてのエッチはどう？」

「うん……すごく気持ちいい」

「ふふ、よかった。ガマンできなくなったら、中でイッていいからね」

中出しの許可を与え、絵美が上半身を前に倒す。青年に抱きつき、唇を重ねた。

性器を繋《つな》げたままのくちづけは、いやらしくも胸が熱くなる。こんなふうに愛されたい、好きなひとと、からだのすべてで繋がりたいと思うからだろうか。

「ん、んふ」

鼻息をこぼしながらの濃厚な口愛が、真理子は羨《うらや》ましかった。夫とは、キスもご無沙汰だったのだ。

絵美がヒップを上げ下げさせる。ふたりのあいだに濡れた肉棒が見え隠れした。

ちゅッ、クチュッ——。

その粘つきが口許からこぼれるのか、交わる性器が立てるのか、よくわからない。ただ、音だけでもそそられる。

程なく、血管を浮かせた筒肉に、白い濁りがまといつきだした。

(気持ちよさそうだわ)

キスで口を塞いでいるからよがり声が聞こえないのに、感覚が伝わってくる。上下するヒップの動きが、次第に速くなった。

ふたりは身長差があったのに、今はそれを感じない。貴志は案外腰の位置が高いのか。見た目でいい印象を持たなかったから、スタイルなど気にも留めなかったのだ。

セックスを知って、男としてひと皮もふた皮も剥ければ、それが外見にも現れて、けっこうモテるようになるのではないか。髪を切って髭《ひげ》を剃り、小綺麗にすれば尚さらに。

こんなことなら、自分が筆下ろしをしてあげればよかった。そんな後悔に囚《とら》われていることに気がつき、真理子は狼狽《ろうばい》した。

(何を考えてるの、わたしったら)

家族を第一に考える母親であり、妻だったはずなのに。どうして許されない行為を願ってしまうのだろう。

きっと、淫らすぎる光景にのめり込むあまり、理性を失いかけたのだ。そうに決まっている。

こんなことはさっさと終わらせなければと思ったとき、貴志が「ううう」と切羽詰まった喘ぎをこぼした。

「イキそうなの?」

絵美が唇をはずして訊ねると、ガクガクとうなずく。

「いいよ。いっぱい出して」

再びくちづけを交わしながら、いよいよ最後の瞬間を迎える。休みなく叩きつけられるヒップが、パツパツと湿った音を鳴らした。

それに合わせて、真理子も指を出し挿れした。多量の蜜をこぼす自らの牝穴に。

「んッ、んッ、んッ、ンンンっ!」

青年の腰がバウンドする。女体の中に、熱い樹液を注ぎ込んでいるのだ。

「あ――あふ」

真理子も堪えきれずに喘ぎ、昇りつめた。成熟した腰をワナワナと震わせて。

嵐が去った室内に、気怠《けだる》げな息づかいが流れる。絵美はそろそろと腰を浮かせると、そばにあった箱からティッシュを抜き取り、自身の股間にあてがった。

「キモチよかった？」

訊ねられ、貴志が満足げに「うん」とうなずく。

「じゃあ、シャワー浴びよ。叔母さんが帰ってくる前に」

「わかった」

手を引かれて立ちあがると、偽女子高生と一緒に部屋を出てゆく。下半身すっぽんぽんのままで。

「ふう……」

ふたりの足音が遠ざかったのを確認して、真理子はクローゼットから出た。

室内には、セックスの名残である甘酸っぱい匂いが漂っている。それにも悩ましさを募らせつつ、ティッシュで濡れた股間と指を拭った。パンティを穿き、足音を忍ばせて部屋を出る。絶頂のあとで膝と腰がガクガクして、階段で転びそうになった。

一階に下りると、バスルームから「あんあん」となまめかしい声が聞こえた。精力に富む若者は、二度の射精でも満足できず、女体を責め苛《さいな》んでいるらしい。

真理子は嫉妬を覚えつつ、身支度を調えて家を出た。出かけていたというアリバイ作りためと、火照《ほて》ったからだを鎮めるために。このまま家にいたら、またオナニーを始めてしまいそうだったのだ。

5

その晩、夫が出張で不在のため、真理子はひとりでベッドに入った。眠りに就いて、どれぐらい経ったであろうか。

「え――」

気配を感じて目が覚める。いや、気配ではない。何者かがベッドに入り込み、からだにのしかかっていたのだ。

(強盗!?)

とっさに悲鳴を上げようとしたとき、口を手で塞がれる。

「シッ、静かに」

その声で誰なのかわかった。貴志だ。

「大きな声を出したら、リコちゃんが起きちゃうよ。それに、騒いだら叔母さんがおれにしたこと、叔父さんに全部話すからね」

絵美に童貞を奪わせたことだと、言われなくても理解する。他に思い当たることがなかったからだ。

「ひょっとして、絵美さんに聞いたの？」

手がはずされて、怖《お》ず怖《お》ずと訊ねると、

「そうだよ」

貴志はあっさりと認めた。

「絵美さんは、本当は女子高生じゃないってわかってたから、そのことを言ったら全部教えてくれたよ。おれがロリコンで、リコちゃんを襲ったら困るから、女を教えることにしたんだって」

そこまで知られたら、言い逃れはできない。真理子は諦めてため息をついた。

「だけど、どうして絵美さんが高校生じゃないってわかったの？」

「匂いだよ。女の子の乳くさいやつじゃなくて、大人の女性のいい香りがしたんだ。叔母さんと同じ」

「え、わたしと？」

「好きなひととといっしょの匂いだもの。間違うはずがないよ」

唐突な告白に、真理子はうろたえた。

「おれは、初めて会ったときから、叔母さんが好きだったんだ。ずっと憧れていたんだ。東京に来たのだって受験のためじゃなくて、叔母さんのそばにいたかったんだ。毎日顔を見られて、そばでいい匂いも嗅いだらたまらなくなって、叔母さんのことを考えて何回も抜いたんだ」

ということは、香り高いティッシュの始末をさせていたのも、こんなに想っているという意志表示だったのか。

「だ、だけど、あの雑誌は？」

「蒲団の下にあったやつだろ？　あれは、予備校の友達に押しつけられたんだ。パソコンもスマホもなくて可哀想だからって。おれには叔母さんがいるから必要なかったのに」

　貴志が真っ直ぐ見つめてくる。暗がりでも、彼の目は鈍い光を反射させていた。

「おれ、叔母さんに告白したかったし、こんなふうに抱きしめたかった。だけど、女性のことを何も知らないから、勇気が出なくて……でも、絵美さんに男にしてもらって、やっとここに来られたんだ」

「貴志君……」

「叔母さん、おれたちがするのをクローゼットの中から見てたんだよね。そのとき、オナニーしたよね？」

「わ、わたしはそんな」

「隠したって無駄だよ。叔母さんの匂いが残ってたもの。とびっきりいやらしいやつが」

　若い手が乱暴にからだをまさぐってくる。求められているとわかって、真理子はむしろ安堵《あんど》していた。この子を自分のものにできるのだと。

「いいよね？　おれ、叔母さんとしたいんだ」

　下腹部に押しつけられているのは、硬くて逞しい陽根。それを挿れられる場面を想像するだけで、真理子はおびただしく濡れた。

唇が重ねられる。熱いくちづけを受けながら、熟れたボディをしなやかにくねらせる真理子は、ふと思った。

(若い子が好きなのは、男よりもむしろ女のほうかもしれないわ——)

やり直しロストバージン

1　香織

熱い固まりが下腹の内側で暴れる。

「あ、ああっ、か、感じるぅッ」

香織《かおり》は背中を弓なりにし、上に乗った恋人を振り落とさんばかりに身をくねらせた。少しもじっとしていられないほど、愉悦の波に翻弄《ほんろう》されていたのだ。

(すごい……オマンコが溶けちゃう)

胸に湧きあがる卑猥《ひわい》な言葉を包み隠し、

「もっとぉ」

と激しい抽送《ちゅうそう》をねだる。それに応えるように、力強いブロウが繰り出された。

「あひぃいい、そ、それいいッ」

歓喜に脳を蕩《とろ》かされ、はしたなくよがる。

セックスのとき、香織はだいたい目を閉じている。仲のいい友達も、みんなそうだと言っていた。そのほうが快感に集中できるからである。

ベッドには、恋人である亮太《りょうた》の匂いが染みついている。真上から叩きつけるように腰を使われると、肉槍の穂先が子宮口にまで及び、ムズムズする悦《よろこ》びが波紋のごとく広がった。

「ああん、お、奥が気持ちいいっ」

ふたりっきりだから遠慮する必要はない。ハッハッと息を荒ぶらせながら、あられもない言葉を発する。恋人の住まいであるこのマンションは、壁がけっこう厚いそうだから、お隣に聞かれる心配はなかった。

香織は二十五歳。亮太が三人目の彼氏だ。合コンで知り合い、付き合って三ヶ月目にセックスをした。

肉体関係は、前のふたりともあった。けれど、そのときはここまで感じなかった。声が大きいとからかわれるぐらい乱れるようになったのは、亮太と付き合ってからである。

快楽のひとときを過ごすときにはラブホテルに入るか、こうして亮太の部屋を訪れる。彼を自宅に招かないのは、香織が実家住まいだからだ。

すでに家族には彼を紹介しているし、泊めようと思えば泊められる。けれどセックスは無理だ。まず間違いなく、声で悟られてしまう。

感じないでいられる自信は、これっぽっちもなかった。それほどまでに、ふたりの交わりは多大な悦びをもたらしたのである。

亮太は四つ歳上だし、経験は相応にあったらしい。だが、過去のふたりと比べても、取り立ててテクニックが優れているとは思わなかった。

亮太には何でも受け入れてくれる度量があった。一糸まとわぬ無防備な姿で抱き合っても、心から安心できた。だからこそ、心置きなく快楽に身を委ねられるのだ。もちろん、からだの相性もあったろう。

セックスに関しては言うことなしだし、その他の条件もほぼパーフェクト。これ以上はなく理想的なパートナーと巡り逢えた幸せを噛み締めつつ、香織はぐんぐん上昇した。間もなく、最高の瞬間が訪れる。

「りょ、亮太ぁ、も、イキそう」

オルガスムスが近いことを伝えると、彼は無言で腰づかいをせわしなくする。

抽送される硬筒の、エラを張ったところが内部のヒダを掘り起こし、爆発的な快感を呼び込んだ。

「イヤイヤイヤ、い、イクッ、イクぅっ！」

裸身をガクガクと震わせて、香織は昇りつめた。頭の中が真っ白になり、ほとんど意識を飛ばした状態であったろう。

そのため、自分が何を口走ったのかも、まったく憶えていない。気がつけば、ベッドの上でぐったりと手足をのばしていた。

亮太がそろそろと離れる。体内にあった強ばりが膣口からはずれ、途端に物寂しさを覚えた。あんなに感じまくったのに、まだ足りないと肉体がせがんでいるのか。

しかしながら、亮太の息づかいも荒い。これ以上の労働を強いるのは酷《こく》だろう。

仰向《あおむ》けになった恋人に寄り添い、香織は股間に手を延べた。自身の蜜汁でヌルヌルのシンボルを握ると、脈打ちが著《いちじる》しい。

「ちゃんと我慢してくれたのね。偉いぞ」

冗談めかして褒《ほ》めると、彼が眉をひそめる。ゴムがなかったため、中で果てないようお願いしてあったのだ。

「じゃあ、お口に出していいよ」

香織はからだの位置を下げ、手にした陽根に顔を寄せた。白く泡立った愛液を全体に塗り広げると、ほんのり漂うナマぐささも厭《いと》わず、ぱくりと頬張《ほおば》る。

「あうっ」

亮太が呻《うめ》き、腰を震わせた。

ほんのりしょっぱい自分の味を丹念に舐《な》め取り、代わりに唾液を塗り込める。敏感なくびれを舌先で辿《たど》ると、口の中でペニスがしゃくりあげた。

(すぐにイッちゃうかも)

鈴割れからも、粘っこい液体が間断なく溢《あふ》れていた。

口許からはみ出した肉棹に指を巻きつけ、絞り出すようにしごく。同時にチュパチュパと舌鼓を打つと、彼はたちまち限界を迎えた。

「あ、あ、出るよ」

耳に届いた声に、うなずきもせず奉仕を続ければ、牡腰が切なげにくねる。

「ううう、い、いく」

ひと呼吸置いて、ふくらみきった頭部がどぷっとはじける。熱い体液を、次から次へと撃ち出した。

口内発射は何度も経験しているから、香織は慣れたものだった。舌を回してザーメンをいなし、脈打ちに合わせて吸う。指の輪で筋張った胴を摩擦することも忘れなかった。

「うあ、あ、くふぅうう」

喘《あえ》ぎ声が抑えきれないほど、亮太も満足してくれたようである。射精は長々と続き、口の中がドロドロした体液で満たされた。決して美味とは言い難いのに、愛しいひとのエキスだと思えば、鼻に抜ける青くささも気にならない。

ただ、さすがに飲むのはキツい。軟らかくなりかけた秘茎を解放すると、香織はティッシュの箱を探した。

「気持ちよかった？」

顔を覗き込んで訊《たず》ねる。亮太はハァハァとせわしなく息をこぼしながら、閉じていた瞼《まぶた》を開いた。

「うん……」

「いっぱい出たよ」

目を細めて報告すると、彼は気まずげに唇を歪《ゆが》めた。それから、何か言いたそうに口を開きかけたものの、思い直したみたいに黙りこくる。

（え？）

香織は怪《け》訝《げん》に思った。亮太の表情が、これまで見せたことのないものだったからだ。

彼は優しくて、何でも言うままにしてくれる。それに甘えてばかりで、これでいいのかと反省することもあったのだ。自分もいい大人なのであり、恋人の重荷になってはいけないと。

だから、思い切って訊ねたのである。

「ねえ、わたしに何か言いたいことがあるんじゃないの？」

これに、亮太が虚《きょ》を衝《つ》かれたふうにうろたえる。図星なのだ。

「――い、いや、べつに」

「べつにってことはないでしょ。ねえ、わたしたち、もう二年近く付き合ってるのよ。これからも亮太とはずっと一緒にいたいし、関係を続けていくためにも、お互いに秘密を持つのはナシにしない？」

香織の訴えに、彼は「そうだね」とうなずいた。

「ええと、気を悪くしないでほしいんだけど、実は――」

亮太の打ち明け話が進むにつれ、香織の眉間《みけん》のシワが深くなる。まさかそんなことを言われるとは、想像もしていなかったのだ。

「それって身勝手すぎない？」

反論の口調も刺々しいものになる。

「え、身勝手？」

「だって、わたしがエッチで感じるようになったのは、亮太のせいなんだからね。なのに、今さら感じちゃいけないなんて酷《ひど》いわ」

「いや、感じるなっていうんじゃないよ。あくまでも、何も知らないウブな反応を見てみたいってことなんだから」

「同じじゃない。わたし、亮太にオチンチンを挿《い》れられたら、すぐに気持ちよくなっちゃうし、感じないなんて無理よ」

ついはしたないことを口にしてしまい、香織は焦《あせ》って口をつぐんだ。頬がやけに熱い。

　すると、亮太の目がきらめいた。

「そう、それだよ」

「え？」

「今みたいな恥じらいを、セックスのときにも見せてほしいんだ」

　香織は眉をひそめた。恥知らずな女だと蔑《さげす》まれた気がしたからだ。

　もっとも、つい今し方、派手に乱れて昇りつめたばかりなのである。恥じらいを求められるのも当然なのか。

「じゃあ、エッチのとき感じないように我慢しろってこと？」

　香織はむくれ顔で訊ねた。愛の営みはふたりでするものなのに、自分ばかりが負担を強いられるなんて不公平だ。

「いや、我慢しなくてもいいよ。おれの言うとおりにしてくれれば」

「え、どういうこと？」

　訳がわからず、香織は首をかしげた。

次に亮太の部屋を訪れたとき、香織は言われたものを持参した。

「亮太って、ロリコンだったんだ」

憎まれ口を叩いたのは、それが高校時代の制服だったからである。どうして二十代の半ばにもなって、女子高生のコスプレをしなければならないのか。

「そうじゃないよ。このあいだ説明しただろ。過去の自分に戻るためには、かたちから入る必要があるって」

言われたときには、いちおう納得したのである。けれど、いざそのときを迎えたら、躊躇《ちゅうちょ》せずにいられない。

(ていうか、本当にわたしを高校生にするつもりなの?)

しかも催眠術で。素人なのに、そんなことが可能なのだろうか。

「とにかく大切なのは、香織がおれを信じることなんだ。催眠術をかけられる人間が、かける側を信頼しないと、暗示にかかりにくいからね」

それは前回も聞かされた。たしかに、端《はな》っから相手を信じていなければ、催眠術になどかからないだろう。

「それから香織自身にも、高校時代に戻りたいって気持ちになってもらいたいんだ。それも暗示にかかるために必要な条件だから」

「そのために、わざわざコスプレまでさせるってわけ？」

仏頂面《ぶっちょうづら》で訊ねると、亮太は怯《ひる》んだように返答に詰まった。

「――う、ま、まあ、何事もかたちから入るのが大切だろ」

要領の得ないことを言い、目を落ち着かなく泳がせる。やはり単なるロリコン趣味ではないのかと、疑惑が深まった。

とは言え、ここまできたら最後までしないと、彼も納得しないだろう。香織にも、好きな男の願いを叶《かな》えてあげたい気持ちがある。

（ま、惚《ほ》れた弱みよね）

胸の内で自虐的につぶやき、脱衣所を借りて制服に着替える。体型は高校時代からさほど変わっていないので、難なく袖《そで》を通すことができた。

ただ、バストは心持ち窮屈だった。あの頃から、カップがふたつほどサイズアップしている。これはしょうがない。

（やっぱりおっぱいって、揉まれると大きくなるのかしら……）

彼氏ができたのは、大学生になってからだ。初体験もそのあとだから、男を知ったことで乳房が成長したという解釈が成り立つ。真偽は定かでないけれど。

襟《えり》のリボンも結んでから、香織は自身の姿を洗面台の鏡に映した。ココア色のブレザーに、チェックのスカートを身に着けた女子高生スタイルを。

「……まあ、高校生に見えなくもないわね」

香織はつぶやいた。しかし、それは過小評価であったろう。目がぱっちりした愛らしい面立《おもだ》ちゆえ、このまま外に出たとしても、全員が女子高生であると信じるはずだ。

にもかかわらず、制服が似合うなんて安易に認めたくない。童顔であることは、香織のコンプレックスだったのだ。

まだ二十五歳である。若く見られたいなんて望むような年ではない。むしろ、飲みに行ったりお酒を買ったりするとき、年齢を証明するものをいちいち求められることがあったため、年相応に大人っぽい容貌になりたいと願っていた。身長も平均以下だったから尚のことに。

亮太をロリコンじゃないのかと訝《いぶか》ったのも、あどけない見た目を利用して、そういうプレイを愉しもうとしている気がしたからだ。

彼は、セックスを知らない処女のような恥じらいを見たいと言った。だから香織にも、未経験だった少女時代に戻ってもらいたいのだと。

そんな無茶な申し出を受け入れたのは、行為のとき、あられもなくよがっている自覚があったからだ。我ながらはしたないと感じていたし、このままだと愛想を尽かされるのではないかと危惧する部分もあった。

まあ、素人の催眠術なんて、どうせうまくいくはずがない。とりあえず言うとおりにして、駄目だったら亮太も諦《あきら》めるだろう。そこまで付き合ってあげれば、彼も恋人を無慈悲に捨てたりはしまい。

できるだけ要望に応えるため、メイクも控え目にしてある。ちゃんと女子高生に見えるようにと。髪型もヘアピンを使って、愛らしくまとめた。

(あ、パンツ)

思い出して、香織は下着も穿《は》き替えた。

純白で、小さなリボン以外に装飾のない薄物。今どき本物の女子高生も選ばないような、前時代的な乙女の象徴だ。香織が似たようなタイプを着用したのだって、せいぜい中学生までなのに。

これも亮太の注文で、少女っぽい下着を用意したのである。あいにく所持しているものの中になかったから、わざわざ買い求めて。

(ていうか、パンツまで指定するってことは、完全に最後までヤル気なのよね)

なんちゃって女子高生の、疑似バージンを奪うつもりなのは明白である。やれやれと思いつつ、香織はいつしかあやしいときめきを覚えていた。

カラダの相性も含めて、亮太は運命のひとだと思っている。いずれは結婚するつもりだ。

そういう男にこそ初めてをあげたいと、香織も十代の頃は考えていた。ロストバージンも安易に決めたわけではなく、そのときの相手と一生添い遂げるつもりでいたのである。残念ながら叶《かな》わなかったけれど。

たとえ暗示にかかっただけの処女であっても、純潔を亮太に捧げられるのだ。彼といっそう深く繋《つな》がれる心地がして、香織は俄然《がぜん》その気になった。

(そうよ……わたしはこれから、高校生に戻るんだから)

膝丈のスカートをめくり、純白の下着を鏡に映す。いたいけなエロティシズムが感じられ、無性にドキドキした。何だか自分じゃないみたいだ。

実はもうひとつ、少女らしく見えるよう細工したところがある。それを見たら、亮太はどんな反応を示すだろう。

ロリコン男には嫌悪しか覚えないが、恋人が昂奮してくれたら嬉しい。すべての年代の自分を愛してもらいたかった。

回れ右をして、おしりもチェックする。高校時代より大きくなったから、普段穿いているものより厚手のパンティが、谷間の影を透かすほどに伸びきっていた。

ただ、十代は食べ盛りだったし、むちむちした体型の友達は多かった。そういう意味ではリアルに見えるのではないか。肉感的な太腿にも、我ながらそそられる。

（――て、何を考えてるのよ？）

自身のあられもない姿を見て、どうしていやらしい気分になっているのか。香織は急いでスカートを戻し、鏡に向き直ると両手で頬を叩いた。活を入れるために。

それから、改めて自身に言い聞かせる。

「わたしは女子高生……まだ男を知らないバージン――」

呪文みたいに何度か唱え、香織は脱衣所をあとにした。

2　亮太

（……うまくかかったかな？）

ベッドに腰掛け、俯《うつむ》いて目を閉じている少女――本当は二十五歳の恋人――を前に、亮太は緊張を隠せずにいた。誰かに催眠術をかけるなんて、これが初めてだったからだ。

相応に勉強したし、手順も学んだ。もっとも、参考にしたのが専門書以外は、ネットの動画というのは心許《こころもと》ない。ちゃんとプロの手ほどきを受けるべきだったろうか。

それでも、ビキナーズラックという言葉もある。何より、自分を信頼してくれる相手ほど、かかりやすいはずなのだ。

香織はちゃんと制服を準備してくれたし、手順どおり暗示にかけるあいだも、言われるがままだった。そこまで信用してくれたのだから、きっとうまくいったはず。

（ていうか、可愛すぎるよ）

童顔だし、制服が抜群に似合うと予想していた。しかし、まさかここまでだったとは。

香織が脱衣所から出てきたとき、亮太はきっちり三秒はフリーズした。本当に彼女が若返ったのかと、あり得ない思いにも囚《とら》われた。催眠術をかける前から、外見は女子高生そのものだったのである。

セックスで感じてくれるのは嬉しい反面、亮太は香織が恥じらうところも見てみたいと思った。だからと言って、うぶなフリをされても冷めるだけだ。

だったら暗示をかけて、純情だった頃に戻してはどうかと考えた。

さっき、香織にロリコンと侮蔑《ぶじょく》されたが、いたいけな少女にあれこれしたいなんて願望はなかった。けれど、童顔の彼女なら高校生に変身できそうだし、その姿を想像して、密かにときめいたのは事実である。高校時代は亮太も童貞だったから、同世代の少女との親密な交際を夢見ていた。

それが三十手前になって、ようやく叶うかもしれないのだ。

催眠術についてあれこれ調べたところ、香織はかかりやすい性格に合致《がっち》していた。恋人である自分が術を施せば、成功率はさらに上がるはず。お互いの信頼関係が大切であると、専門書に書かれてあったからだ。

亮太は本や動画でノウハウを学び、技術を身につけた。被験者がおらず、あくまでも机上の判断に過ぎなかったが、これならいけそうだと自信もついた。

そして今日、いよいよそのときを迎えたのである。

「じゃあ、おれが合図をしたら、香織は高校生に戻ってるからね。いくよ。一、二、三、ハイッ！」

声をかけると同時に、彼女の顔の前でパチンと手を叩く。その瞬間、制服の肩がピクッと震えた。

（……どうかな？）

胸を高鳴らせて見守っていると、香織がゆっくりと顔をあげる。瞼は開かれていたが、目は焦点が合ってないみたいにトロンとしていた。

そこに、程なく輝きが宿る。

「あ、亮太さん」

あどけない笑顔を向けられ、亮太は胸が締めつけられるのを覚えた。

（これ、本当に香織なのか？）

メイクこそ抑えめでも、顔の造りそのものは変わっていない。なのに、これまでの彼女とは明らかに異なっている。さん付けで呼ばれたばかりでなく、笑いかたから声のトーンまで、丸っきり少女そのものだ。

つまり、催眠術が成功したのである。

（よし、うまくいったぞ）

亮太は喜びで胸をはずませた。

少女の頃に戻っても、記憶をすべてなくしたわけではない。亮太と恋人関係なのはそのままだと言い含めてあった。さらに、まだキスしかしておらず、今日はそれ以上のことをするために部屋を訪れたという設定にしてある。

（おれ、香織の処女をもらえるんだ）

亮太はすっかりその気になり、隣に腰をおろした。すると、ミルクのような甘い香りが鼻先を掠《かす》める。

（ああ、これは……）

中高生の頃、クラスメートの女子たちが振り撒いていた乳くさい体臭。近くを通るたびにうっとりして、鼻を蠢《うごめ》かせたものだ。

それとまったく同じものを、香織も漂わせていた。暗示によって内面が若返っても、肉体まで変化するわけではないのに。

(コロンか何か使ってるのか?)

催眠術をかけるのに夢中だったから、こうして接近するまで匂いに気がつかなかった。

「香織ちゃん」

呼びかけに、彼女がはにかむ。肩を抱くと、何かを察したみたいにこちらを見あげ、そっと瞼を閉じた。

ピンク色に艶めく唇は、ほんのりとイチゴの香りがした。香料つきのリップクリームを塗っているらしい。女子高生になりきるため、そこまで準備してくれた恋人に愛しさが募る。

亮太は唇を重ね、いつになく華奢《きやしや》な印象のボディを抱きしめた。

「ん――」

わずかに抗《あらが》った香織が、すぐおとなしくなる。ぷにっとした唇の隙間《すきま》に舌を差し入れると、身を堅くしながらも受け入れてくれた。

くちづけは何度も交わしたはずなのに、反応が初々《ういうい》しい。戯《たわむ》れる舌も遠慮がちで、慣れていないとわかった。

(本当に女子高生になったんだな)

おかげで、亮太の昂奮はうなぎ登りであった。自分は本当にロリコンだったのかと、疑いの気持ちが頭をもたげるほどに。

唇をはずすと、香織が俯く。頬がやけに赤い。キスだけで恥ずかしがるなんて、さらに進んだら、いったいどうなるのだろう。

「おれ、香織ちゃんがほしい」

自身も十代に戻ったみたいに、緊張しながら思いを伝える。すると、彼女が小さくうなずいた。

「はい……いいですよ」

返事をして、ベッドにそろそろと身を横たえる。行儀のいい気をつけの姿勢で仰向けになった。

すべてを捧げる覚悟はできているという、健気《けなげ》な振る舞い。スカートの裾から覗く膝小僧が、やけになまめかしく映った。

亮太はナマ唾《つば》を呑みつつベッドに上がり、ブレザーをめくってスカートのホックを探した。シワにならないよう、最初に脱がせたほうがいいと思ったのだ。

いや、一刻も早くあられもない姿を見たかったというのが本音である。

スカートを引き下ろし、ブレザーのボタンをはずして前を開く。ブラウスの裾に隠れて、下着はまだ見えない。着衣のままだから、太腿がいっそう肉感的だ。

制服を完全に脱がせなかったのは、女子高生との禁断の行為を堪能《たんのう》したかったからだ。素っ裸にしてしまったら、普段のセックスと変わらない。いくら少女っぽく振る舞われても、実感が伴わなかったろう。

「うう」

香織が呻き、両手で顔を覆《おお》う。羞恥《しゅうち》の反応が新鮮で、背すじがゾクゾクした。

(どんな下着を穿いてるんだろう)

胸を高鳴らせながら、ブラウスの裾をめくる。現れたのは、いかにも処女っぽい純白パンティだった。

ビクン——。

ブリーフの内側で、分身が雄々《おお》しく脈打つ。いつの間にか勃起《ぼっき》していたことに、亮太はようやく気がついた。

肉体の交わりを持つようになって最初の頃は、彼女もお洒落《しゃれ》な下着を選んでいたようであった。上下も揃っていたし、おろしたてと思しきものもあった。

ところが、あられもなく乱れるようになってからは、そこまで気を配らなくなった。普段から愛用している感じのものを穿いていたり、ブラとパンティが異なる色やデザインのときもあった。

そうやって有りのままの自身を晒《さら》すのは、心を許した証拠でもある。亮太もいたずらに気を遣《つか》われるよりは、遠慮なく振る舞ってもらったほうがよかった。

それでいて、セックスで恥じらうところを見たいというのは、贅沢《ぜいたく》な願望なのだろうか。

香織の下着は色やデザインが様々で、モノトーンよりはカラフルなものが多かった。それだけに、見慣れない純白のパンティに、かなりそそられる。セクシーさとは縁遠い薄布なのに。

ただ、女子高生の身なりに、最もお似合いだったのは間違いない。

亮太はずいぶん長く見とれていた。

「ね、ねえ、亮太さん」

香織が焦《じ》れったげに呼びかけ、若腰を揺する。それでようやく我に返った。

「ああ、ごめん」

謝ってから、急に恥ずかしくなる。これでは童貞と変わらないではないか。

今の彼女は、何も知らない少女なのだ。リードしてあげなくてどうすると自らに言い聞かせ、亮太は清楚な薄物に両手をかけた。

「脱がせるよ」

予告しても、香織は答えなかった。それでも、おしりを浮かせて協力してくれる。

綺麗な脚をするすると下ったパンティを、紺のソックスを履いた爪先からはずす。それとなく確認したところ、クロッチの裏地にシミなどは認められなかった。毛玉もほつれもなく新品のようだし、さっき穿き替えたばかりなのだろう。

ともあれ、これで下半身はソックスのみ。ブラウスの裾をめくれば、いよいよ秘められた部分とのご対面だ。

そのときを迎えて、亮太はかえって落ち着いてきた。

催眠術で処女になりきっていても、肉体は何も変わらない。香織の秘部は何度も目にしたし、クンニリングスも頻繁《ひんぱん》にしている。

（え――）

ブラウスをめくり、デルタゾーンがあらわになるなり、亮太は固まった。香織がパイパンになっていたのだ。前回セックスしたときは、卵形の叢《くさむら》がちゃんとあったはずなのに。

（てことは、剃《そ》ったのか？）

おそらくは、より少女っぽく見えるようにと。しかしながら、高校生で陰毛が生えていないなんてあり得ない。明らかにサービス過剰である。そこまでしてくれた心意気は嬉しいけれど。

見慣れたはずの女芯も、ヘアがないと印象がまったく異なる。香織は花びらが小さく、もともとはみ出しが少なかった。こうして脚を揃えていると、そこは一本のスジがあるのみ。少女というより幼女の眺めだ。

おかげで、背徳的な昂《たかぶ》りが胸を衝《つ》きあげる。

もっとしっかり観察するべく、膝を離させせる。彼女は「ああん」と嘆きつつも、されるがままであった。

暴かれた羞恥帯は、色素が薄らと沈着し、皮膚の色が全体に濃くなっている。毛がないため、端っこを覗かせる花弁や陰核包皮など、佇《たたず》まいがやけに生々しい。

一方、変わらないものもあった。そこからむわむわと漂う、ほんのりチーズくさい秘臭だ。

香織はシャワーを浴びたあとでないと、クンニリングスをさせてくれなかった。ペニスを挿入されてはしたなくよがっても、素の匂いを暴かれるのは抵抗があったようだ。

それでも付き合いが長いから、たとえば下着を脱がせたときになど、正直なかぐわしさをこっそり嗅ぐ機会はあった。もちろん、あからさまにはできなかったが。

だが、今なら存分に堪能できそうだ。

「香織ちゃんのここ、すごく可愛い」

感動を込めて告げると、彼女は顔を隠したままかぶりを振った。催眠術にかかった今は、男の前で初めて秘園を晒す恥ずかしさに耐えているのだ。

（うん。こういうのが見たかったんだよ）

感動しつつ、中心に顔を近づける。濃くなった淫香を深々と吸い込んでから、愛らしい恥割れに口をつけた。

「ヤンッ」

香織が小さな悲鳴をあげ、腰をくねらせる。合わせ目がキュッとすぼまった。

愛らしい反応に煽《あお》られて、裂け目に舌を差し入れる。わずかな塩気のある湿地帯を、クチュクチュと音を立ててねぶると、彼女は「イヤぁ」と泣きべそ声をあげた。

「ダメです、そこ……き、キタナイんですぅ」

洗っていない秘部を舐められるのは抵抗があるらしい。ただ、快感を得ているのも確かで、太腿や腰がビクッ、ビクッとわななくのがわかった。

口をつけたとき、そこは湿っている程度だった。唾液を塗り込めるあいだに、蜜汁がジワジワと滲《にじ》み出る。粘っこいそれを舌に絡《から》め取り、敏感な尖《とが》りを探って刺激すると、

「ああッ！」

鋭い声がほとばしった。

「そ、そこぉ」

お気に入りのポイントであることを、艶めいた声音で訴える。息づかいも荒くなり、両膝が休みなく曲げ伸ばしされた。

「あふ、あ、ああっ、い、イヤぁ」

洩《も》れる声が艶めきを帯びる。このまま続けたらイクかもしれない。確信に近いものを抱き、秘核を重点的に攻めていると、

「ね、ね、もうやめてぇ」

すすり泣き交じりに中断を求められた。

いつもなら無視して進め、頂上に導くところである。ところが、

「お願い……怖いのぉ」

明らかに怯《おび》えているとわかり、舌をはずす。

(そうか。まだイクことを知らないんだな)

香織は、高校生のときは処女だったのだ。欲望と好奇心に駆られ、秘部に触れることぐらいはあったにせよ、オルガスムスは未経験だったらしい。

無理に強烈な快感を味わわせたら、性的な行為に嫌悪を覚えるかもしれない。ここは少しずつ理解させるべきだ。

亮太は彼女に添い寝した。その前にズボンとブリーフを脱ぎ、下半身をあらわにして。

涙目で息をはずませる恋人に、まずは優しくキスをする。

「ごめんね」

囁《ささや》き声で謝ると、濡れた目が見つめてきた。

「……あの、イヤじゃなかったんですか？」

「どうして？」

「汚れてたし、に、ニオイとか」

頬を染め、鼻をクスンとすする。いたいけな恥じらいが、たまらなく愛おしい。

「香織ちゃんが大好きだから、大切なところにキスしたくなったんだ。全然気にならなかったよ」

何も知らない少女に、陰部の生々しい匂いに昂奮したなんて言えない。

亮太は香織の手を取ると、自身の中心に導いた。膨張して脈打つモノを握らせる。

「あ――」

彼女は小さな声を洩《も》らし、身を堅くした。

「どこをさわっているのか、わかる？」

訊ねる声が震えたのは、腰の裏が甘く痺れるほどに快かったからだ。これまで数え切れないほど握られ、愛撫もされたというのに。

「……うん。わかります」

「香織ちゃんが大好きだから、こんなになってるんだよ」

ちんまりした指に、力強い脈打ちを伝える。

「あん、すごい」

幼さの残る面差しには、怯えと好奇心の両方が浮かんでいた。

「見たい？」

香織がうなずく。促さずとも身を起こしたので、亮太は仰向けになった。

クンニリングスの快感でからだが火照《ほて》ったのか、彼女はブレザーを脱いだ。腰の脇に正座して、改めて強《こわ》ばりを握る。いたいけな指とのコントラストで、いっそう卑猥に映る肉器官を、まじまじと見つめた。

「どう？」

感想を求めても、「うん」と答えるのみ。何を言ってもはしたない気がして、言葉にできないのかもしれない。

亮太は手を添えて、ペニスの愛撫方法を教えた。

「こんなふうにしごいてみて」

「は、はい」

香織が怖《お》ず怖《お》ずと握り手を上下させる。包皮の扱いに戸惑っているのがわかった。

(うう、気持ちいい)

稚拙《ちせつ》な奉仕にもかかわらず、亮太はうっとりする悦びを味わった。何も知らない少女にペニスを愛撫されるというシチュエーションに、昂りを覚えたからだ。

「こんなに硬いなんて……」

大きさと逞《たくま》しさに戸惑いつつ、香織は程なくコツを掴《つか》んだようだ。すでに会得していたテクニックが、催眠術にかかっていても出現したのであろうか。

「すごく気持ちいいよ」

「そうなんですか?」

「香織ちゃんは、おれにアソコを舐められたときどうだった?」

さすがに即答はできなかったらしい。それでも間を置いて、「わたしも気持ちよかったです」と打ち明けた。

「それじゃあ、このまましごき続けたら、どうなるかわかる?」

彼女は少し考えてから、「はい」と首肯した。性教育や、あるいは他からの情報で、射精のことを学んでいたと見える。

「おれ、もうすぐだから、香織ちゃんがイカせてくれる?」

「……わかりました」

「白くてドロドロしたのが出るけど、全部出し切るまでしごき続けるんだよ」

あらかじめ指示してから、亮太はシャツをたくしあげた。ザーメンで汚さないようにと。

牡の絶頂を見せるのは、昇りつめることへの抵抗をなくすためであった。イクのは気持ちいいとわかってもらえれば、今度は最後まで舐めさせてくれるだろう。

加えて、亮太自身も昂奮しすぎていたから、落ち着く必要があった。このままだと、彼女に挿入するなり爆発する恐れがある。いくら処女が相手でも、さすがにみっともない。

赤みを著しくした亀頭は、溢れた先走りでヌルヌルだ。それは香織の指も濡らしていたが、嫌悪を覚えている様子はない。むしろ、興味津々《きょうみしんしん》という顔つきで観察している。

少女らしい好奇心は、牡の急所にも向けられたようだ。ペニスをしごくのとは反対の手で、シワだらけのフクロにそっと触れる。

「あうう」

ゾクッとする快美が背すじを走り抜け、亮太はたまらず呻いた。

「あ、ごめんなさい」

痛くしたと勘違いしたのか、香織がすぐさま手を引っ込める。

「いや、いいんだ。そこもさわられると気持ちいいんだよ」

「え、そうなんですか？」

「また撫でてもらえるかな。いちおう男の急所だから優しくね」

「わかりました」

素直に手を添えて、陰嚢をすりすりとさする。くすぐったい快さが歓喜の波を呼び込み、亮太は急速に高まった。

「香織ちゃん、もうすぐだよ」

「は、はい」

「あ、あ、いく。出るよ」

腰をぎくしゃくと跳ね躍らせ、蕩ける歓喜に意識を飛ばしかける。次の瞬間、熱いものが秘茎の中心を貫いた。

「キャッ」

香織が悲鳴をあげる。それでも、言われたことをちゃんと憶えていたようで、握り手を動かし続けた。

おかげでオルガスムスが長く続き、亮太は香り高い体液をたっぷりと放出した。飛び散ったザーメンは、香織が後始末をしてくれた。指にまといついた粘液の匂いを嗅ぎ、眉根を悩ましく寄せるなどしながら。

「あう」

射精後で過敏になった亀頭を薄紙で拭《ぬぐ》われ、亮太は腰を震わせて呻いた。

「気持ちいいんですか？」

香織が小首をかしげる。それも快感に因《よ》る反応だと学んだらしい。

「うん」

「もっと気持ちよくなったら、また大きくなりますか？」

彼女に摘《つ》ままれたペニスは力を失っていた。このままだと最後までできないと、心配している様子である。

「うん。もちろん」

「よかった」

安堵《あんど》の笑みを浮かべた香織が、不意に考え込む。それから、手にした牡器官の真上に、いきなり顔を伏せた。

「え？」

いったい何をと思った直後、イチモツが温かく濡れた中に吸い込まれる。

「あああ」

亮太はのけ反って喘いだ。求めもしないのに、彼女がフェラチオを始めたのだ。

舌がチロチロと戯れて、秘茎に唾液をまといつける。くすぐったさを強烈にした悦びに、腰をくねらせずにいられない。

「香織ちゃん、だ、駄目だよ」

焦《あせ》って声をかけたのは、こんなことをさせてはいけないと思ったからだ。今の彼女は、ようやくオトナの入り口に立ったバージンなのである。

香織はふくらみかけたペニスから口をはずすと、横目でこちらを見た。

「わたしも亮太さんにしてもらったから」

それだけ言って、口淫奉仕を再開させる。クンニリングスのお返しをしなければと思ったらしい。処女でもオーラルセックスに関する知識はあったようだ。

飴玉をしゃぶるみたいな舌づかいに、テクニックなど微塵も感じられない。だが、初めてなのにここまでしてくれるなんてという感動が、海綿体に血液を呼び込む。

「香織ちゃん、おれの上に乗って」

呼びかけに、彼女はすぐに応じなかった。何を求められたのかわからなかったのだろう。

「おれも舐めるから、ふたりで気持ちよくなろうよ」

そこまで言って、ようやく理解したようだ。ペニスを口にしたまま、ためらいがちに亮太の胸を跨《また》ぐ。

「うう」

剥《む》き身のヒップを男の顔に差し出してから、羞恥の呻きをこぼした。

（ああ、すごい）

女らしく充実した丸みは、あどけない少女の趣とは異なる。しかし、興を殺《そ》がれることなく、亮太は劣情を沸き立たせた。小柄なのに大きくてぷりぷりしたおしりが、恋人のからだで最も好きだったからだ。

谷間に覗く無毛の秘割れは、周辺までじっとりと濡らしていた。なまめかしいチーズ臭も漂う。男根を愛撫し、射精に導く中で、密かに昂っていたのではないか。

亮太は枕を頭の下に入れ、もっちりした双丘に顔を埋めた。濃密な女くささにむせ返りそうになりながらも、湿った裂け目に舌を差し込む。

「むふっ」

香織が鼻息をこぼす。八割がた復活した陽根を、負けじと吸いたてた。

だが、相互舐め合いで亮太に勝てるはずがない。いつもなら互角に闘えても、今の彼女は初めてのおクチ奉仕に挑む処女なのだ。敏感な秘核を攻められたら、舌づかいもおろそかになってしまう。

「ぷは――」

とうとうペニスを吐き出した。

「あ、ああっ、だ、ダメぇ」

香織が屹立《きつりつ》に両手でしがみつき、腰から下をワナワナと震わせる。もうすぐだと、ふくらんだクリトリスを強めに吸いたてると、

「イヤイヤ、あ、ヘンになるぅ」

抗《あらが》うように身をくねらせたのち、「はひっ」と太い息を吐いて脱力する。亮太の上で、おしりや太腿を細かく痙攣《けいれん》させた。

(イッたんだ……)

恋人を初めてのオルガスムスに導いたのである。あくまでも催眠術で処女に戻った上でのことだが。

ぐったりした彼女を自分の上からおろし、ベッドに寝かせる。添い寝して、汗

ばんだ額に張りついた髪をよけてあげると、瞼がゆっくりと開いた。

「気持ちよかった？」

問いかけに、香織がコクリとうなずく。けれど、何があったのかを思い出したか、うろたえて目を泳がせた。

「わ、わたし――」

耳まで赤くなり、目を潤ませるのがいじらしい。情愛が高まって、股間の分身も完全復活した。

そこに、しなやかな指が絡みつく。

「あん、こんなに」

ニギニギと強弱を加え、漲《みなぎ》り具合を確認する。それから、

「これ、わたしに挿《い》れてください」

亮太を真っ直ぐに見つめてセックスを求めた。もちろん断る道理はない。

「わかった」

香織に身を重ね、正常位で交わる体勢になる。肉槍の穂先で入るべきところを探ると、彼女の頬が緊張で強ばった。

すでに処女膜は存在しない。だが、今の香織は処女なのだ。破瓜《はか》への恐怖を抱くのは当然である。

もっとも、暗示によってあるはずのない感覚が生じる場合があると、本には書かれてあった。彼女が痛みを訴える可能性はゼロではない。

そのときはちゃんといたわってあげるんだぞと自らに命じ、亮太は慎重に進んだ。蜜に濡れた園に、少しずつ侵入する。

「つ――」

香織が顔をしかめる。本当に痛みがあるのか。しかし、ここで止めるわけにはいかない。

「だいじょうぶだから、リラックスして」

気休めでしかない言葉を口にして、狭い入り口を亀頭で圧《お》し広げる。普段のセックスでは感じなかった窮屈さだ。

(まさか、催眠術で肉体まで処女に戻ったわけじゃないよな)

あり得ないことを考えたとき、それまでの抵抗がすっと消える。

「あはぁっ!」

香織が首を反《そ》らし、切なげな声を放った。

亮太は熱い締めつけの中にいた。これまでの交わりと、寸分違わぬ感触だ。

(あれ?)

彼女の表情が淫らに蕩けていることに気がつく。そこには処女のあどけなさも、恥じらいも皆無であった。

ひょっとして催眠術が解けたのかと思えば、

「りょ、亮太さん」

香織が声を震わせ、しがみついてくる。呼び方は女子高生のままだった。

どういうことなのかと混乱しつつ、亮太は抽送《ちゆうそう》を開始した。

「あ、あ、あ、いい」

頭を振ってよがる、制服の少女。いや、すでに二十五歳に戻っているというのか。

「香織ちゃん、どんな感じ?」

戸惑いつつも訊ねると、香織は「うん、うん」とうなずいた。

「とっても気持ちいいです。エッチって、こんなにいいものなんですね」

うっとりした面差しで告げられ、まだ少女のままなのだとわかった。だが、肉体と性感は成熟した女性のそれだ。

行為の最中も恥じらってくれるのを期待したから、亮太はがっかりした。しかし、そこまで望むのは無い物ねだりかもしれない。

(ちゃんと恥ずかしがるところも見られたんだし、良しとすべきかな)

思い直して腰を振れば、彼女が「おうおう」と声をあげた。

「ああ、あ、すごい……オマンコがムズムズするぅ」

卑猥《ひわい》な四文字を聞かされて、亮太は驚いた。いくら乱れても、香織がそこまで奔放《ほんぽう》な発言をしたことがなかったからだ。あるいは内面が少女だから、感じたことを素直に口に出せたというのか。

「いい、いいの、もっとぉ」

せがまれて、ピストン運動の速度をあげる。抉《えぐ》られる蜜窟が、グチュグチュと品のない音をこぼすほどに。

(いやらしすぎるよ)

少女の身なりでのあられもない反応に、頭がクラクラする。亮太は急速に高まった。

「あ、あん、またヘンになりそう」

香織も差し迫っていることを告げる。

「おれも、もうすぐだよ」

「だ、出すんですか？　あの白いの」

「うん」

「だったら、オマンコの奥に注いでください」

滅多に許されない中出しを求められ、亮太はかえって怯んだ。

「え、いいの？」

「はい……わたし、亮太さんの赤ちゃんがほしいです」

それが香織の本心なのか、それとも少女らしい一途な思いが溢れた言葉なのか、亮太は判断できなかった。しかし、どっちでもかまわない。

(妊娠したら、結婚すればいいんだ)

もともとそのつもりだったし、決意を固めるいい機会だ。

「わかった」

うなずいて、力強いブロウを繰り出す。

「そ、それいいッ。オマンコ溶けちゃうぅ」

淫らすぎるよがり声が、頭の中で反響する。煽られて、亮太は限界を迎えた。

「うう、い、いく。出すよ」

「ちょ、ちょうだい。オマンコの奥に」

「あああ、か、香織ちゃん」

「あ、あ、イクッ、イクッ、くうううぅ」

ヒクヒクと波打つボディの奥に、牡のエキスをドクドクと注ぎ込む。

(最高だ――)

充実した悦びにひたる亮太の胸に、ふと疑惑が生じた。

(まさか香織のやつ、ずっと演技してたんじゃないだろうな――)


すべてが終わり、催眠術を解く。

「……え？」

香織はぼんやりした面持ちで、部屋の中を見回した。どうやら演技をしていたわけではなかったらしい。

「何があったのか憶えてる？」

質問すると、彼女は記憶を手繰《たぐ》るように天井を見あげ、「……だいたい」と答えた。

「ただ、はっきりとじゃなくて、夢で見た光景みたいな感じなんだけど」

「ふうん、そういうものなのか」

「あと、すごく気持ちよかったのも憶えてる」

言ってから、急に落ち着きをなくす。卑猥な発言の数々も思い出したらしい。

「中に出してだいじょうぶだったの？」

確認すると、香織は「うん」とうなずいた。

「明後日ぐらいに生理が始まるはずだから」

催眠術にかかりながらも、そのあたりの判断はできていたということなのか。

「亮太のヘンタイ。生理前だから、アソコもかなりニオったはずなのに」

睨《にら》まれて、亮太は首を縮めた。性器のあからさまな臭気を知られたのは、彼女にも想定外だったようだ。

「ていうか、催眠術で高校生になっても、これを挿れられたら感じるのは一緒なんだな」

萎《な》えた分身を指差し、誤魔化すように告げると、香織が渋い顔を見せる。

「仕方ないじゃない。カラダは嘘をつかないっていうし」

言ってから、艶っぽく頬を緩《ゆる》めた。

「だけど、けっこう刺激的だったし、またしようよ」

それについては、亮太も異存はない。

合法！　女子高生妻

1

どれだけ反ルッキズムが浸透しようとも、所詮人間は見た目がすべてだ。そのことを一ノ《いちの》瀬《せ》源太《げんた》郎《ろう》は、いやというほど思い知らされてきた。

率直に言って、源太郎は老《ふ》け顔である。小学生のときにつけられたあだ名が「オッサン」で、今に至るもずっと変わらない。そして、今や見た目ばかりでなく、暮らし向きそのものもオッサンくさかった。

源太郎は学校を出ると町工場に就職し、油にまみれて働いてきた。住んでいるのは風呂のない安アパート。うらぶれたという言い回しがしっくりくる暮らし向きだ。

パッとしない外見に、パッとしない生活。正直、いつ自暴自棄になって犯罪に手を染めてもおかしくない。と、自分でも思うぐらいだった。

なのにそうしなかったのは、生来のへたれな性格に因《よ》る。気が弱いのに加えて、悪いことのできない真人間でもあった。

よって、初対面の印象はさほどではなくても、交流のあるひとびとには信頼され、いいひとだとお褒《ほ》めの言葉をいただくこともあった。たとえば工場の仲間や上司、ご近所さん、行きつけの店の従業員などから。

だが、いいひとという評価は、面白みのないやつと同義である。老け顔で、何の取り柄もない男。それが源太郎という人間だった。本人もそう自覚している。卑下《ひげ》ではなく、紛《まご》う方《かた》なき事実として。

そのせいだろう、源太郎はこの年になるまで、女性と交際したことがなかった。そんなに焦らなくてもいい、いずれ素敵な女性が現れると、同僚は慰めてくれる。だが、老け顔は一生老け顔のままだ。また、これから性格ががらりと変わって、面白い男になれるはずもない。つまり、明るい未来は今後も望めないのである。

未来に希望が持てないと、かえって多くを求めるようになるものらしい。それとも、どうせ駄目だとわかっているから、高望みをしてしまうのか。

どちらにせよ、源太郎が理想とするパートナーは、若くてぴちぴちして、しかも何でも許してくれる天使のような女の子だった。特に若さに関しては、決して譲れない絶対条件であった。

おそらく老け顔だから、自分にないものを求めるのではないか。釣り合いが取れないなんて関係ない。あくまでも理想なのだから、妥協するなんて馬鹿げている。

そんな源太郎は、是非とも女子高生とお付き合いがしたかった。

これはおそらく、彼が中学しか出ていないこととも関係しているのだろう。家の事情で進学できず、高校に通えなかったため、制服姿の少女への憧れが強かったのだ。

よって源太郎の夢は、制服の女子高生と嬉し恥ずかしお付き合いをし、そのまま結婚へゴールインすることであった。大人になるのなんて待っていられない。女子高生という禁断の果実だからこそ、一緒になる価値がある。

しかしながら、そんな願望はまったくもって無謀というか、いっそ絵空事である。まさに夢以外の何ものでもなかったろう。

源太郎が叶わぬ夢に固執《こしつ》したのは、異性と付き合うなんて無理なのだと、諦《あきら》めるためでもあった。ハードルを下げて実現できそうな望みに縋《すが》ったところで、結局は叩きのめされるのだ。

だったら、最初から手の届かない目標を設定すればいい。そうすれば、駄目だったときの言い訳になる。

要はへたれゆえの自己防衛だ。外見のコンプレックスが強いぶん、彼はこれ以上傷つきたくなかったのである。

かくして、男女交際には消極的だった源太郎に、もしかしたらという希望が生まれた。成人年齢が十八歳に引き下げられたことで、女子高生と結婚できる可能性が高くなったのだ。

もっとも、今までだってできたのである。女子の結婚可能年齢は、長らく十六歳だったのだから。

しかしながら、未成年の場合は親権者の承諾が必要になる。たとえ本人同士の合意があっても、親に反対されればそれまでだ。まして中卒で、風采が上がらない老け顔の男など、娘の結婚相手として認められるはずがない。

ところが、成人年齢の引き下げによって、十八歳になれば親の許しがなくても結婚できるようになった。もともと淫行条例に引っかからない年齢ではあったが、成人ということで堂々と肉体関係も結べる。手の届かない夢でしかなかった願望が、もしかしたら叶うかもしれないと思えた。

源太郎は希望をふくらませた。そこまで前向きになれたのは、まさに理想そのものの少女との出会いがあったことと、無関係ではなかったろう。

2

それはふた月ほど前の出来事だ。

仕事帰りにコンビニへ寄った源太郎がレジに並んだところ、すぐ前にいたのは制服の女子高生だった。学校帰りに、お気に入りのスイーツを購入したと見える。

サラサラの髪は、肩に軽くかかるぐらいの長さ。わずかに茶色がかっているが、染めているわけではなさそうだ。おそらく生まれつきなのだろう。

そう決めつけたのは、制服の着こなしがきっちりしており、肩に提《さ》げた指定のバッグにも、余計なアクセサリーなどついていなかったからだ。きっと真面目《まじめ》な子であり、ならば髪を染めるはずがない。後ろ姿から想像するに、かなり可愛い子だ。

できれば顔を見たかった。だが、覗き込むなんて怪しい行動を取れるはずがない。それに、他にするべきことがあった。

この年頃の少女たちの近くでは、源太郎は条件反射的に漂う香りを吸い込む。昨今ではコロンだの香水だの、人工的なフレグランスが多い。だが、ときにミルクのような甘ったるい匂いを嗅ぐことがあった。この年頃にしかない、成長途上のかぐわしさだ。

目の前の少女も、人工的なものと異なる、悩ましくも甘い香りをさせていた。

（ああ、素敵だ）

どれだけうっとりしても、こっそり匂いを嗅いでいるなんて悟られてはまずい。不審の目で見られることを、源太郎は誰よりも恐れた。いっそ年頃の少女たち以上に警戒心が強かったのである。これも小心者の証《あかし》だ。

「一〇八〇円になります」

店員に言われて、少女が電子マネーをポケットから取り出す。ところが、残高が足りなかったらしい。

「え、あれ？」

うろたえているのが、後ろからでもわかった。源一郎は咄嗟《とっさ》に財布から千円札を出し、「あの、これを」と、声をかけた。

「え？」

少女が振り返る。彼女の顔を見るなり、心臓が音高く鳴り響いた。

十代のあどけなさと、芽生えだした女性らしさを併《あわ》せ持った美貌《びぼう》。つぶらな目とふっくらした頬には、清らかさも感じられる。

要は、好みにどんぴしゃりの美少女だったのである。

「これを使って」

内心の動揺を悟られぬよう、しかめ顔で千円札を差し出す。

「あの、でも」

「レジがつかえてるから、早く」

いささか強い口調で言ったのは、照れ隠しでもあった。

「すみません。ありがとうございます」

少女は礼を述べると、足りないぶんを現金で払った。店員から商品を受け取り、何か言いたそうに振り返る。

彼女を無視して、源太郎は自分のカゴをレジの台に置いた。思いの外《ほか》うまく助けてあげられて、頬が緩みそうになっていたものだから、懸命に表情を強ばらせて。

それに恐れをなしたのか、少女がそっと離れる。店の外に出たのを横目で確認し、源太郎はホッとひと息ついた。

(可愛い子だったな……)

あれだけの美少女の窮地——と呼ぶには大袈裟《おおげさ》だが——を救ったのだ。しばらくは幸せな気持ちで過ごせるのではないか。

会計を済ませ、足取りも軽く店を出た源太郎であったが、

「あの——」

声をかけられてドキッとする。横を見ると、さっきの少女が申し訳なさそうな顔で佇《たたず》んでいた。

「本当にありがとうございました。あの、お金は必ずお返ししますので」

深々と頭を下げられ、源太郎は狼狽《ろうばい》した。

お金を出したときには、これをきっかけに仲良くなれるかもといった下心は、まったくなかったのである。とにかく助けてあげたいと思ったし、こっそり匂いを嗅いだ後ろめたさから行動した部分もあった。

けれど、こうして再びコンタクトを取られたことで、邪《よこしま》な気持ちが頭をもたげる。

(またこの子と会えるかもしれない……)

名前や連絡先を交換し、お金を返してもらったあとも、頼りがいがあるからとデートに誘われ、さらに親密な関係に——。

ほんの短時間のうちに、そこまで夢想した源太郎である。けれど、自身がこの程度の親切で惚《ほ》れられるような男ではないのだと、すぐさま思い直す。それだけ彼のコンプレックスは根深かったのだ。こんなオッサンが横にいたら、この子が笑われるか、良くて親子だと思われるぐらいだ。

「いや、返さなくていいよ」

どうせおれなんてという気持ちがぶり返し、つっけんどんに答える。

「え？」

「もしも感謝の気持ちがあるのなら、誰か困っているひとを見かけたときに、そのひとを助けてあげればいいから。そうすれば、世の中が少しは良くなるだろうし」

以前、ネットニュースか何かで読んだエピソードを思い出して告げる。こんな台詞《せりふ》をいつか言ってみたいと心がけていたわけではなく、自然と出てきたのだ。

「あ、はい……」

「それじゃ」

源太郎はその場からそそくさと立ち去った。彼女の愛らしさが眩《まぶ》しすぎて、直視したことで逃げ出したくなったのである。自分とはまったく別の世界にいる人間に思えて。

その場はうまくやり過ごせたものの、源太郎はあとで激しく後悔した。

(せっかくのチャンスだったのに、なにを格好《かっこう》つけてんだよ)

お金を返すという申し出を素直に受けていれば、もう一度会えたのに。たとえそのあと、夢想したみたいに仲良くなれなかったとしても、べつにいいじゃないか。

その思いは、時間が経つほどに強くなった。源太郎の脳裏からも、美少女の面影が消えることはなかった。

くだんのコンビニを、源太郎はけっこう頻繁に利用していた。だが、それまであの子に会ったことはなかったし、その後も顔を見る機会は皆無だった。彼女はたまたまあそこを利用しただけだったのだろう。

会えないからこそ思いが募る。いつしかそれは恋となり、彼の胸を狂おしいまでに締めつけた。

女子高生と結婚したいと源太郎が強く願うようになったのは、あの少女との出会いが深く関係していたのだ。

（ああ、また会えたらなあ）

結婚するならあの子がいい。いや、あの子じゃなければ駄目だ。

それでも、鏡で自らの老け顔を見るたびに、やっぱり無理だよなと落ち込む。せめて身なりを整えたいと思っても、工場の安月給ではいい服なんて買えない。どれだけ明るい未来を夢見たところで、自分には決して訪れないのだ。冷たいばかりの現実を、源太郎は呪った。

3

「おじさん――」

工場からの帰り道、背後から声をかけられ、振り返った源太郎は目を疑った。

（まさか……）

コンビニで千円札を渡した美少女だ。あの日と同じ制服姿の。

再会を願っていたのは間違いない。だが、あまりに唐突だったため、頭もからだもフリーズしたみたいに動かなかった。

「突然ごめんなさい。どうしてもおじさんにお会いして、お話がしたかったんです」

丁寧な申し出は誠実そのもの。「おじさん」と呼ばれたのも、普段聞かされるのが「オッサン」だったから、やけに上品な響きに聞こえた。

「あ――ああ、ええと、たしかコンビニで会った？」

「はい。憶えていてくださったんですね」

少女が嬉しそうに白い歯をこぼす。忘れるはずがないという言葉を、源太郎はすかさず呑《の》み込んだ。

「ええ、まあ」

「これから帰られるんですか？」

「そうだけど」

「じゃあ、ご一緒してもよろしいですか？」

このとき、源太郎は生まれて初めて、天にも昇る心地というものを味わった。

少女は有村百合香《ありむらゆりか》と名乗った。清純そのものという名前は、彼女にぴったりだ。現在高校三年生で、十八歳だという。

源太郎も自分の名前を教えたのであるが、百合香はすでに知っていた。そればかりか住んでいるアパートや、職場である工場も。

「わたし、どうしても一ノ瀬さんとお話がしたくて……でも、あのとき、もう関わらないでほしいみたいな感じでお別れしたので、あとでお見かけすることがあっても、声をかけづらかったんです」

六畳一間の安アパートで向き合うと、百合香はここに至る経緯を打ち明けた。

「それで、いけないとはわかっていたんですけど、つい跡をつけてしまって」

彼女はいつも背後にいたため、見つけられなかったらしい。源太郎が再会を望んでいたなんて、露ほども思っていないようだ。

ともあれ、まずはアパートを突き止め、部屋のドアにあるネームプレートで、名前がわかったとのこと。さらに、学校が休みのときには朝から張り込み、勤め先まで尾行したそうだ。

そして今日、思い切って声をかけたのだという。

「本当にすみません。ストーカーみたいなことをしてしまって」

恐縮して肩をすぼめる百合香に、源太郎は嫌悪の情など抱かなかった。むしろ、そこまで一途《いちず》だったのかと感心したし、興味を持ってもらえたことも単純に嬉しかった。

そんな思いを、源太郎は相変わらず表情に出さなかった。緩《ゆる》みそうになる頬を、懸命に引き締めていたのである。

老け顔の宿命で、笑うと品のない印象を持たれてしまう。子供のときに、笑顔がエロ親父みたいだと言われて以来、ひと前ではなるべく笑わないように努めてきた。

今も百合香に嫌われたくなくて、しかめ顔をキープしていたのである。

「それで、おれに話したいことって？」

本題に入ると、彼女は俯《うつむ》いてモジモジした。畳の上で正座していたのだが、スカートの膝の上で手を遊ばせる。

「あの、突然こんなことを言うと引かれちゃうかもしれないんですけど……わたし、一ノ瀬さんみたいな男のひとって、初めてなんです」

「え？」

「もともと同世代の男の子は子供っぽく見えて、興味もなかったんです。だから、これまでお付き合いしたのは年上の、最低でも三十歳以上のひとばかりで。友達からは、ファザコンなんじゃないのってからかわれたりもしたんですけど」

男性遍歴の告白に、源太郎は少なからずショックを受けた。清純そのものだと信じていた美少女が、まさかすでに男を知っていたなんて。それも、オジサンと呼ばれるような男たちと。

（いや、肉体関係があったと決まったわけじゃないんだ）

あくまでも清らかなお付き合いだった可能性もある。もっとも、そんな大人たちが、愛らしい女子高生に手を出さずにいたとは、到底信じられなかった。

「だけど、そういう年上の男性たちも、結局のところ若い子と付き合えればいいんだなって思えてきて。わたしという人間を、ちゃんと見てくれていない気がしてきたんです」

絶対にそうだと、源太郎は声を大にして訴えたかった。自分のように、結婚まで真剣に考えているやつなどいない。ただ若いカラダを貪《むさぼ》りたいだけなのだと。

「それこそ、エッチのときもやたらガツガツして、優しくないんです」

百合香がやり切れなさそうに言う。こんなに真面目そうな子なのに、やはり処女ではなかったのか。純潔を散らしたどこぞの男に、源太郎は嫉妬《しっと》と憎しみを覚えた。

とは言え、そういう経験があるからこそ、こうやって気になった男を捜し当て、部屋までやって来たのだ。

「だけど、一ノ瀬さんは違いました。全然ガツガツしてないし、それどころか、人生に大切なことも教えてくださって。他のひとに優しくしてあげればいいって言われたとき、わたし、感激して胸が熱くなったんです。ああ、こういうひとが本当の大人なんだって」

キラキラした目で見つめられ、源太郎は息苦しさを覚えた。すでにオトナの経験をしていても、心は純粋なままなのだと信じられる。

「だから、わたし、一ノ瀬さんと――」

思い詰めた表情で、百合香がにじり寄ってくる。源太郎は胡坐《あぐら》をかいたまま後ずさりをしかけた。生まれて此《こ》の方、異性と近い距離で接した経験がなかったからだ。

ふわ――。

ミルクのような甘い香りが鼻先を掠《かす》める。それは源太郎の動きを停止させた。全身が一気に官能の色に染められたようであった。

目の前にあどけない美貌が接近する。気がつけば、柔らかなものが唇に押し当てられていた。

（……おれ、キスしてる!?）

恥ずかしながら、これがファーストキス。しかも相手は、とびっきり可愛い女子高生なのである。

異性とのあれこれを経験したい気持ちがありながら、どうせおれなんかと諦めていた。それがまさか、こんな予想もしなかったかたちで叶うなんて。

果実のような吐息が、唇の隙間《すきま》から入り込んでくる。もっと味わいたくて口許を緩めると、何かがヌルリと侵入してきた。

それは百合香の舌であった。

(嘘だろ……)

ここまで積極的なのは、それだけ経験を積んでいるからであろう。だったらかまわないさと、源太郎は一切のためらいを捨て去った。

4

舌を絡《から》め合う濃厚なくちづけは、五分以上も続いたのではないか。トロリとして甘い唾液もたっぷり飲まされて、源太郎は陶酔《とうすい》の心地であった。

（こんな素敵な子に惚れられるなんて――）

コンプレックスでしかなかった老け顔も、百合香にはいかにも大人の男だと映ったのではないか。源太郎は生まれて初めて、こんな顔に生んでくれた親に感謝した。

「ふう」

堪能した面持ちで、美少女が息をつく。頬が赤らみ、目も潤んでいた。あどけなかった容貌が、すっかり女になっていた。

（そうさ。十八歳だから、もう大人なんだ）

世間的にも成人と見なされる年齢。よって、何をしても許される。

そうは思っても、ちんまりした手がいきなり股間にのばされたのには、驚かずにいられなかった。

「え、ちょっと」

「いいから、わたしにさせてください」

遠慮は無用という振る舞い。困っていたときに助けてもらったお礼のつもりなのか。

それは源太郎には有り難かった。何しろ経験がないから、仮に好きにしてと言われたところで、リードなどできなかったであろう。

ファスナーを下ろされ、ズボンとブリーフをまとめて脱がされる。さすがに顔が熱く火照《ほて》った。すでに勃起《ぼっき》していたからだ。

「わあ元気」

無邪気《むじゃき》な笑みを浮かべられ、恥ずかしくてたまらない。おまけに白くて細い指が、ためらいもなく武骨な筒肉を捉えたのである。

「ううう」

源太郎は堪えきれずに呻《うめ》き、両手を後ろに突いて腰を浮かせた。自分で握ったときとはまったく違う、経験したことのない快感が手足の先まで行き渡ったのだ。

百合香の指が柔らかく、気持ちよかったのは確かである。それに加えて、不浄の器官に美少女が触れるという背徳的な状況も、悦《よろこ》びを際限なく高めるようだ。

「すごく硬いですよ」

無邪気な笑顔に罪悪感を覚える。仕事帰りで洗っていないそこは、かなりベタついているはずなのに。ところが、彼女は少しも気にならない様子だ。

そして、いたいけな手が上下に動き出す。

「おおっ」

源太郎は堪えようもなく声を上げ、腰をガクガクとはずませた。ただ握られただけでもたまらなかったのに、しごかれてたちまち危うくなる。昂奮も著《いちじる》しかったのだ。

「あ、ま、待って」

焦って告げてもすでに遅い。歓喜の波が体幹を伝い、どうすることもできなかった。

「うあ、あ、ううう」

腰をよじって呻き、随喜のエキスをほとばしらせる。

「キャッ」

百合香が悲鳴を上げる。それでも、こういうときにどうすればいいのか、ちゃんと心得ていたらしい。脈打つ男根から手をはずさず、すべて出し切るまで動かしてくれた。

おかげで、源太郎は蕩《とろ》けるような愉悦を味わい、最後の一滴まで気持ちよく射精した。

「ご、ごめん」

出し終えて、今さらうろたえる。百合香は「いいえ」とかぶりを振った。

「ちょっとびっくりしましたけど。でも、我慢できなかったんですか？」

「うん……百合香ちゃんの手が、すごく気持ちよくて。それに、実はおれ、あまり経験がないんだ」

さすがに童貞であるとは言えなかったが、慣れていないのだと正直に打ち明ける。すると、彼女は軽蔑《けいべつ》することなく、

「そうなんですか？　でも、よかった」

と、はにかんだ微笑を浮かべた。

「よかったって？」

「だって、一ノ瀬さんが経験豊富だったら、わたしなんかコドモ扱いされるだけでしょ？　それに、あまり遊んでないひとのほうが信用できますから」

なんていい子なのかと、源太郎は涙ぐみそうになった。おまけに、百合香は飛び散った白濁液の後始末をすると、

「じゃあ、わたしがまた大きくしてあげますね」

萎《な》えて縮こまった牡器官を、自ら口に含んだのである。

「くはぁっ」

くすぐったい快さに耐えきれず、源太郎は畳に仰向けで寝そべった。あまりによすぎて、坐《すわ》っていることすら困難になったのだ。

(ここまでしてくれるなんて――)

舌がチロチロと這《は》い回り、敏感な亀頭とくびれを重点的に攻める。蒸れた汗の匂いや、ザーメンの青くさい残り香にもうっとりしているふうに、百合香は目を細めていた。

慈《いつく》しむような奉仕で、海綿体に血液が舞い戻る。おそらく、そう時間をかけることなく復活するであろう。

だが、彼女にばかりさせるわけにはいかない。お返しをしたかったし、何よりも美少女の秘め園を確認したかった。

「百合香ちゃん、おしりをこっちに向けて」

それだけで、何を求められたか察したらしい。少女はペニスを咥《くわ》えたまま、源太郎の上で逆向きになった。

（ああ……）

膝丈のスカートも、男を跨《また》いで尻を差し出すポーズを取れば、内側がまる見えになる。くりんとした丸みに張りつくのは、少女らしい桃色のパンティだった。光沢がないから、きっと綿素材であろう。

さっきも嗅いだ乳くささが、いっそう濃厚になる。もはや完全な受け身でいることはできず、源太郎はヒップを抱き寄せた。

「うぅ」

百合香が咎《とが》めるように呻いたときには、ほんのり湿ったクロッチに鼻面がめり込んでいた。

薄布に染み込んでいたのは、チーズのような悩ましい乳酪臭。わずかにオシッコの匂いも感じられる。

清らかさといやらしさを併せ持った少女の秘臭に、源太郎は劣情を沸き立たせた。いちいち脱がせるのも面倒だと、クロッチを横にずらす。内側にこもっていた、汗を煮詰めたような媚香《びこう》が解放された。

（ああ、これが――）

ぷっくりした大陰唇が合わさって、縦ミゾをこしらえる。そこから二枚重ねの花弁が、わずかにはみ出していた。毛も短いものが疎《まば》らに生えているだけだから、十八歳にしては幼い眺めであろう。谷底の可憐なツボミ――アヌスもピンク色だった。

それだけに、胸が締めつけられるほどに痛々しい。

無修正の女性器など、今どきネットにいくらでもある。だが、所詮画像や動画は実物に劣るのだと、源太郎は心から思い知った。

「むうう」

百合香がイヤイヤをするように腰をくねらせる。剥《む》き身の秘園を見られて、さすがに恥ずかしいようだ。

ならばと、源太郎は頭をもたげ、もうひとつの唇にくちづけた。

「むふっ」

少女のこぼした鼻息が、陰嚢《いんのう》の縮れ毛をそよがせる。同時に、恥割れがキュッとすぼまった。敏感なところゆえ、軽いふれあいでも感じたらしい。

密着したことで、あられもない淫臭が鼻奥にまで流れ込む。おまけに秘肛まわりには、恥ずかしすぎるプライベート臭もほんのりと残っていたのだ。

美少女の生々しすぎる痕跡に、むしろ昂奮がかき立てられる。源太郎は鼻を鳴らしながら舌を躍らせ、魅惑の源泉を心ゆくまで味わった。

「ぷは――」

百合香が陽根を吐き出す。そこはすでに逞しさを取り戻し、限界まで膨張していた。

「あの、そこ……く、くさくないですか？」

戸惑い気味に問いかけたのは、学校帰りなのをここに来て思い出したためだろう。

もちろん源太郎は、くさいなんてこれっぽっちも思っていない。むしろいい匂いだし、おしりもアソコも嗅ぎ回らずにいられなかった。

とは言え、そこまで馬鹿正直に答えたら、彼女もあきれて逃げ出すかもしれない。無言のままやり過ごすことにして、舌を秘肉の裂け目に差し入れる。ちょっぴり塩気のあるミゾの内部を、ほじるように舐めた。

「あああッ」

百合香が高い声をほとばしらせ、おしりをビクビクとわななかせる。

「ああん、ご、ごめんなさい。そこ……よ、汚れてるのに」

丹念にねぶられても、罪悪感は拭《ぬぐ》い去れないらしい。彼女のほうこそ、洗っていないペニスをしゃぶったというのに。

（本当にいい子だ）

自分のことよりも、相手を慮《おもんぱか》る健気《けなげ》な娘。コンビニで、他のひとを助ければいいなんて説教じみたことを言ってしまったが、端《はな》っからわかっていたに違いない。

ここはお詫びの意味も込めて、是非とも感じさせてあげたい。テクニックなど持ち合わせていないから、ネットで仕入れた知識を頼りに、敏感なところを探って刺激する。

「あ、あ、あ、そこぉ」

艶めいた声で、狙いが間違っていなかったのを源太郎は悟った。

（よし、ここだ）

フード状の包皮に隠れた突起を、重点的に吸いねぶる。

「ああ、あ、ダメぇ」

身悶《みもだ》えてよがる百合香は、もはやフェラチオをする余裕などないらしい。屹立《きつりつ》に両手でしがみつき、下半身をワナワナと震わせるのみだ。

おかげで、源太郎はいくらか余裕を持って、初めてのクンニリングスに没頭できた。

「あ、イヤっ」

不意に彼女が身を強ばらせ、すぼめた恥芯で舌を挟み込む。次の瞬間、

「あ、あひッ、いいいい」

極まった声を洩《も》らし、おしりをビクッ、ビクッと痙攣《けいれん》させた。

(え、イッたのか?)

とりあえず舌の動きを止めて様子を窺《うかが》うと、少女が「はあー」と大きく息をつく。源太郎の上で、力尽きたみたいに手足を投げ出した。やはり達したようである。

(おれ、この子をイカせたんだ)

初めてなのに、ここまでできるなんて。ふたりの心が通い合っているから、彼女も安心して身を任せられたのだ。

感激しながら、唾液に濡れた秘割れが収縮するのを見守っていると、百合香がのろのろと身を起こした。

「んしょ……」

脇に降りて中腰になると、スカートをはらりと落とす。さらに、桃色のパンティも脱いでしまった。これでふたりとも、下半身すっぽんぽんだ。

（じゃあ、いよいよ――）

そのときが来たのかと、胸が高鳴る。期待に違《たが》わず、彼女は畳に仰向《あおむ》けで寝転がった。

「一ノ瀬さん、来て」

トロンとした目でおねだりする。源太郎はすかさず飛び起き、若い肢体に身を重ねた。

女性に慣れていないと言ったのを、百合香はちゃんと憶えていた。ふたりのあいだに手を入れて、反《そ》り返る牡棒を導いてくれる。

「ここ」

入るべきところにあてがってくれたばかりか、尖端《せんたん》を裂け目にこすりつけ、入りやすいように潤滑してくれた。

「えと、このまま挿《い》れていいの？」

いちおう確認したのは、ナマで挿入したら妊娠させるかもしれないと危ぶんだからだ。

「はい。わたし生理が重いので、ピルを飲んでるんです」

それがどういうものか、ちゃんと知っていたわけではない。けれど、彼女の口振りから大丈夫なのだとわかった。

すると、少女がクスッと笑う。

「もしも赤ちゃんができたら、責任取ってくれますよね？」

悪戯《いたずら》っぽく目を細めたから、からかっているのだろう。だが、源太郎の答えは決まっていた。妊娠するしないは別にして、百合香と生涯を共にするつもりでいたのである。

「うん。もちろん」

力強く答えると、彼女が虚《きょ》を衝《つ》かれたふうに目を丸くする。すぐさま頬を緩め、「じゃあ、してください」と言った。

強ばりの指がほどかれる。初めてなのに少しも不安などなく、源太郎は十八歳の中に分身を投じた。

「ああーん」

狭い入り口を押し広げられ、百合香が悩ましげに眉根《まゆね》を寄せる。クンニリングスで昇りつめたあとの蜜穴は愛液も豊潤らしく、牡器官はぬるりと侵入した。

「おおお」

温かな洞窟で締めつけられ、源太郎ものけ反って声を上げた。少女の全身から放たれる、甘ったるい芳香にもうっとりしながら。

（入った——）

ペニスの付け根が女体にぶつかる。ひとつになれた実感が全身に満ちて、喜びのあまりジタバタしたくなった。

（おれ、セックスしたんだ！）

しかも念願どおりに、とびっきり可愛らしい女子高生と。夢描いた初体験が現実となったのだ。

「あん、いっぱい……」

百合香がつぶやき、ふうと息をつく。甘酸っぱいそれが顔にかかり、愛しい気持ちがふくれ上がった。

「大好きだよ」

照れくささを感じることなく告げ、本能に任せて腰を動かす。

「ああっ、あ」

膣のつぶつぶしたヒダをかき回され、少女は色めいた声を発した。

「やん、気持ちいいっ」

源太郎の首っ玉に縋りついて甘える。両脚も掲げて、牡腰に絡みつけた。

(なんて可愛いんだ)

目の前にある半開きの唇も愛おしい。源太郎は自分のものを重ねて、熱烈に吸った。

「む、うふッ、むむぅ」

くぐもった喘《あえ》ぎ声が、くちづけの隙間からこぼれる。ふたりの舌がピチャピチャと戯《たわむ》れ、そこから甘美な電気が流れるようだった。

唇を交わしたまま、源太郎は腰を振った。上も下も繋がって、これ以上はない一体感に総身が震える。

(これがセックスなのか)

体験したとか童貞を卒業したとか、そんなのは些末《さまつ》なことだ。好きな異性と快さを共有することが、何よりも喜ばしい。

あとはペニスをせわしなく出し挿れし、くちづけにも夢中になる。昂奮しすぎていたためか、一度達したあとなのに、早くも頂上が迫っていた。

源太郎は唇をはずすと、震える声で告げた。

「ごめん。おれ、もう」

顔も情けなく歪《ゆが》め、オルガスムスが近いことを伝える。

「いいですよ。このまま出してください」

百合香がうっとりした面差しで告げる。すべてを受け入れてくれる優しさに、この子と出会えたのは奇跡だと思えた。

間もなく、最上の悦びが全身を包む。

「あ、ああ、いく」

源太郎は腰をぎくしゃくと振り、めくるめく歓喜に意識を飛ばした。

「あ、あ、あ、感じるぅ」

突きまくられてよがった少女は、体内に広がる温かな潮を感じると、「くぅーン」と仔犬みたいに啼《な》いた。

5

抱き合って余韻《よいん》にひたったあと、源太郎は思い切ってプロポーズをした。

「百合香ちゃん、結婚しよう」

気が早いと思わないではなかった。しかし、それが夢だったのだ。思いどおりの初体験が遂げられた今は、何でも叶う気がした。

「はい……わかりました」

彼女が恥じらいの笑みを浮かべ、受け入れてくれる。源太郎は有頂天であった。

「将来の話じゃなくて、すぐにでもって意味なんだけど、いい？」

「わたしもそのつもりです。一刻も早く、一ノ瀬さんのお嫁さんになりたいです」

まさか同じ気持ちだなんて。若さゆえ決断が早いのかもしれないが、この子はきっと神様が引き合わせてくれたのだ。源太郎はそう確信した。

（いや、本当に天使なのかも）

とにかく、これで誰にも邪魔されることなく、女子高生と結婚できるのである。

あとは残された課題をクリアするのみだ。

「じゃあ、三ヵ月後に婚姻届を出そう」

源太郎の言葉に、百合香が怪訝な面持ちを浮かべる。

「え、すぐにじゃないんですか？」

「それは無理なんだ。おれはまだ成人じゃないから」

「ええっ!?」

「三ヵ月後に十八歳になるから、そのときに結婚しよう」

老け顔で年上に見られがちでも、源太郎はまだ十七歳だったのである。

すると、百合香がそそくさと身を起こす。畳に落ちていたパンティを拾って脚を通し、スカートも穿《は》いた。

「え、どうしたの？」

戸惑う源太郎に、彼女はすっかり冷めきった表情で告げた。

「わたし、年下は好みじゃないの」

バッグを持ち、振り返ることなく部屋を出て行く後ろ姿を、源太郎は茫然《ぼうぜん》と見送った。


あれから二十年――。

「ねえ、パパとママは、どうして結婚したの？」

小学生の娘が、興味津々《しんしん》というふうに訊《たず》ねる。そういうことが気になる年頃になったようだ。

「結婚してほしいって、パパに申し込まれたのよ」

妻が楽しげに答えるのを、源太郎は新聞に目を落としながら聞いた。

そのときのことは、もちろん憶えている。ＯＫの返事をもらって、飛びあがらんばかりに喜んだことも。

かくして夫婦となり、子宝にも恵まれた。こうして幸せな家庭が築けたのは、

(あの子のおかげなんだろうな……)

源太郎の脳裏に浮かぶのは、初体験の相手たる美少女だ。プロポーズをしたも

のの、年下という理由でフラれてしまった。

けれど、その悔しさをバネに、源太郎は何クソと仕事に励んだ。技術を身に着け、工場でも一目置かれる存在になった。独学で製造を学び、新型のロボットを開発して特許も取得した。

その後、独立して自分の工場を持ち、今や一国一城の主《あるじ》だ。

自信をつけられたのは、仕事に関してばかりではない。童貞を卒業したことで、女性の前でも臆することはなくなった。それなりに経験も積んで、理想そのものの相手と結婚できたのである。

妻はまだ二十代と若い。それもそのはずで、結ばれたときは十八歳の女子高生、しかもバージンだったのだ。

夢を叶えられたのは、百合香のおかげである。彼女はまさに天使であったと、源太郎はしみじみ思うのであった。

ケツ毛少女のたくらみ

1

ギャップがある女性こそ至高の存在である。それが西畑《にしはた》イサムの持論であった。たとえば、見た目は淑《しと》やかな美女なのに、口を開けば毒舌悪口皮肉厭味《いやみ》が次々と出てきたり、いかにも今どきの若い娘が、所作や言葉遣《づか》いは丁寧で古風、結婚するまで処女を守るのが信条だったり、仕事のできるバリバリのキャリアレディが、実はおっちょこちょいで生傷が絶えなかったりと、印象と中身の異なる女性に惹《ひ》かれるのである。

とは言え、多くの男たちも、そういうタイプの女性に心を奪われがちなのだ。イサムの趣味嗜好が特殊なわけではない。

しかしながら、彼はまだ二十五歳と若い。それゆえ、自分は他と違うのだ、特別な存在なのだと思いがちであった。若さゆえの、ナルシストじみた自己評価を抱いていたのである。

己を特別だと思いたいのは、劣等感の裏返しでもあった。大したことのない人間だからこそ、大した人間であると周囲にアピールしたいもの。本当に優れた人物は、本人が何も言わなくても、周囲が認めて評価することにも気づかない。

そういう憐れな自己肯定は、若いときに多くの者が経験する。あとになって当時の自分を振り返り、なんて痛いヤツだったのかと、恥ずかしさに懊悩《おうのう》することになるのだ。

とは言え、痛さ爆発の真っ只中にいるイサムは、未来の後悔など関係なく、今日もくだらない持論を声高《こわだか》に主張するのであった。

「ほら、童顔で巨乳って、けっこう人気あるじゃん。グラビアアイドルとかでも」

「うんうん」

「あるな」

「だけど、オレは思うんだよ。可愛い子が剛毛《ごうもう》ってのが、一番エロいって」

酒の席とは言え、品のない発言を口にして悦《えつ》に入《い》る。この光景を撮影し、いい大人になった彼に見せれば、真っ赤になって逃げ出すこと請け合いである。

「想像してみろよ。ア○ダマナとか、ハ○モトカンナとか、ああいう天使みたいな女の子のパンツを脱がせたら、アソコの毛がボーボーってさ、めっちゃエロいじゃん」

「あー、たしかにエロいな」

男子中学生レベルの猥談《わいだん》に相槌《あいづち》を打つのは、これも同程度のオツムの仲間たちだ。

ここは駅から二百メートルほど離れた、チェーンの大衆居酒屋である。学生時代の仲間が久しぶりに集まって、場はかなり盛りあがっていた。

「だったら、そういう子のアソコが黒くて、ビラビラがでかいっていうのは？」

友人がネタをかぶせると、イサムはあからさまに顔をしかめた。

「それは直しが利かねえじゃん。毛だったら剃《そ》ればいいけど、黒いのとかビラビラがでかいのは、一生そのまんまだろ？　いざとなったら修正できるっていうのが、ギャップ萌《も》えのいいところなんだよ」

ずいぶんと身勝手な理屈を、さも真理であるかのごとく主張する。それにはちゃんと理由があった。

いかにも経験豊富のごとく女性を語るイサムであるが、実戦はからっきしだった。何しろ生まれて此《こ》の方、彼女ができたためしがないのだから。女性との親密なふれあいは、風俗嬢との数回のみ。セックスも、ソープランドでの初体験が唯一だった。

よって、毛がボーボー程度ならよくても、さらに生々しい生殖器や、行為そのものの話は苦手だったのだ。そういう話題が出ると気を逸《そ》らしたり、避けるようにしていた。これもまた、劣等感を煽《あお》られたくない、傷つきたくないという自己愛の表れである。

ともあれ、

「だったらケツ毛は？」

別の友人が訊《たず》ねる。

「え、ケツ毛？」

「うん。肛門の周りに毛がもっさりの女」

その発想はなかったものだから、イサムは返答に詰まった。

そもそも女性経験が少ないのである。彼の知っている風俗嬢は、尻に毛など生《は》えていなかった。可愛いのに剛毛というのも実体験ではなく、そうだったら昂奮するかもとイメージで言っただけなのだ。

とは言え、大口を叩いた手前、わからないで済ませるわけにはいかない。

「ああ、それもアリだよな。特に可愛い子だったら、ギャップがあっていいんじゃないか」

それまでの主張より遠慮がちだったのは、自分発信ではなかったからだ。

「そっか？　剛毛はいいけど、ケツ毛は嫌だな。男みてえじゃん」

別の友人が反論する。

「そっか？　ア○ダマナにケツ毛が生えてたら、おれだったら昂奮するけどな」

「アホか。マナちゃんの肛門はピンク色で綺麗なんだ。ケツ毛なんか生えてるもんか」

「見たことあるのかよ？」

「見なくてもわかるよ」

「お前、ア○ダマナが好きなのか。ロリコンだな」

「ちげーよ。だいたい、マナちゃんはもう十八だろ。成人年齢だから、好きになってもロリコンじゃねえよ」

「年齢は関係ない。イメージの問題」

「いや、ケツ毛の話はどうなったんだよ」

くだらない話で盛りあがるイサムたちは、他のお客がどんな目で見ているのか、気に留めることもなかったのである。

2

居酒屋を出て、他の面々が次の店へ向かう相談をする。イサムは、

「あしたも仕事だし、オレはもう帰るから」

そう告げて、みんなと別れた。けっこう酔っていたし、これ以上飲んだら仕事に差《さ》し支《つか》えると思ったのだ。

夜風に吹かれながら駅に向かい、イサムは友人たちとのやりとりを反芻《はんすう》した。

(久しぶりに楽しかったな)

気の置けない仲間たちとだから、余計な気を遣わずに済む。会社の飲み会だと、

そういうわけにはいかない。

何しろ、先輩や上司もいるのだ。不用意な発言をすれば、出世の妨げになる。可愛い子が剛毛だと昂奮するなんて、口が裂けても言えない。

(ていうか、ケツ毛か……)

けっこう盛りあがった話題だから、印象に残ったのだ。アヌス周りの毛なんて、執着《しゅうちゃく》も何もなかったが、確かにそそられるかもしれないと思い始めていた。

これまで目にしたアダルト画像やビデオを振り返っても、女性の肛門に毛が生えていたかどうか思い出せない。モザイクがあろうがなかろうが、執着したのは性器だったから、視界に入っても気にしなかったのである。

次からはもっと注目しようと密かに決意したとき、

「おにーさんっ」

背後から声をかけられる。

イサムが振り返らなかったのは、自分が呼ばれたと思わなかったからだ。声からして明らかに少女っぽかったし、彼女のいない身には無縁の存在である。

「ねえ、おにーさんってばぁ」

もう一度呼ばれて首をかしげる。左右を見ても、他に「お兄さん」に当てはまる男がいなかったのだ。

（え、それじゃ——）

恐る恐る後ろに視線を向ければ、そこにいたのは夜の街には不釣り合いな、制服姿の少女であった。おそらくは女子高生。

カフェオレ色の大きめニットに、太腿《ふともも》が半分以上もあらわなチェックのスカート。白いブラウスは襟元《えりもと》が大きく開いており、鎖骨《さこつ》の窪みが覗いている。

通学用らしきバッグを肩に提《さ》げた彼女の足元は、紺のソックスと黒のローファー。髪を茶色に染めているし、制服のラフな着こなしからして、真面目な生徒ではなさそうだ。

ただ、ぱっちりした目がキュートな、なかなかの美少女である。

「ふふッ」

イサムと目が合うと、彼女は意味ありげな笑みを浮かべた。

「えと、オレに用事？」

確認すると、「そうだよ」と答える。とととっと駆け寄ってくると、いきなり腕にしがみついた。

「おい、ちょっと」

馴れ馴れしすぎる態度を注意しようとしたものの、
ふわ――。

乳くさいような甘い香りが鼻腔に入り込み、咎《とが》める気持ちが消え失せる。

「あたし、アイコっていうの」

今どきの子にしては地味な名前だが、イサムはそのギャップにそそられた。もしかしたら、いい子なのかもしれない。

「おれは西畑イサム」

名乗ってから、何の用件かを訊ねると、

「あたし、さっきのお店にいたんだけど」

言われて、イサムは驚いた。

「え、居酒屋に？」

「うん」

「高校生がまずいんじゃないの？」

「お酒なんか飲んでないよ。こんなカッコだから、注文したって出してくれるワケないし。先輩たちに付き合ってただけで、あたしはずっとウーロン茶」

なるほどと納得しつつ、どうしてこの子に気がつかなかったのかと、内心で首をかしげる。居酒屋に高校生がいたら、けっこう目立つはずなのだ。しかも、こんなに愛らしいのだし。

(オレ、周りが気にならないぐらいに酔ってたのかな……)

あるいは、一緒にいた先輩がいかつい男だったのか。そのせいで関わりを恐れて、無意識にそちらを見ないようにしていたのかもしれない。

アルコールで正常な思考が困難な中、イサムの心臓は高鳴りをキープしていた。

(本当に可愛い子だな)

しがみつかれ、間近で顔を見ているのである。上目づかいと、ちょっと舌足らずな喋《しゃべ》り方がコケティッシュだ。髪やボディから漂うかぐわしさばかりか、吐息の甘酸っぱさにも頭がクラクラするよう。

おまけに、二の腕に当たる柔らかな感触。これは紛《まご》う方《かた》なきおっぱいではないか。異性とのスキンシップに慣れていない身には、空腹でご馳走《ちそう》を前にしたにも等しかった。

だからと言って、おいそれと手を出せない。これまで彼女がいなかったのは、好きな子がいても告白できないへたれな性格に因《よ》る。おまけにビビりだから、今も妙なことをしたら悲鳴をあげられ、警察に突き出されるのではないかと疑心暗鬼に陥った。さらに、きっと怖い男が現れて、オレの女に何しやがると凄《すご》まれるのだ、そうだ、これは美人局《つつもたせ》に違いないと、怯《おび》えるばかりであった。

「と、ところで、オレに何の用？」

ビクビクしながら問いかけると、アイコがにぱっと悪戯《いたずら》っぽく笑った。

「あのさ、さっきの店で言ってたじゃない。可愛い子の、アソコの毛がボーボーだと昂奮するって」

「ああ、うん……」

仲間内で興じるぶんには何とも思わなかったが、他人から蒸し返されると急に恥ずかしくなる。何をくだらないことを言っていたのかと、顔が熱くなった。

「それがどうかしたの？」

「あのね――」

アイコが耳を摘《つ》まんで引っ張る。イサムは「イテテ」と声をあげつつ、頭を彼女のほうへ傾けた。

「あたしのアソコの毛、すっごいボーボーなんだよ」

温かな息を伴っての、信じ難い告白。イサムは脳が沸騰《ふっとう》するかと思った。

アイコの住まいまで、そこから百メートルぐらいの距離であった。

繁華街に近い低層マンションで、彼女は独り暮らしをしているという。高校生なのにどうしてとイサムは訝《いぶか》った。けれど、

「十八歳だし、成人になったんだから独立しろって、親に言われたんだ」

アイコの説明に、なるほどと納得する。もっとも、言葉どおりに受け止めたわけではなかった。

(問題児っぽいし、親から厄介払《やっかいばら》いされたんじゃないか？)

たとえアルコールを口にしていなくても、高校生が制服姿で、しかも夜遅くまで居酒屋にいたのだ。住んでいる場所からして、そういう爛《ただ》れた生活が当たり前になっているのではあるまいか。

だからこそ、見ず知らずの男を部屋に入れるなんて無茶ができるのだろう。しかも、

『おにーさんってあたしのタイプだし、毛がボーボーなのがいいんでしょ？　あたしでよかったらヤラせてあげるよ』

と、軽いノリで誘ってきたのである。

もしも酔っていなかったら、こんなうまい話があるはずない、きっと何かの罠《わな》だと疑ったであろう。だが、アルコールで気が大きくなっていたために、イサムは幸運が舞い込んできたと都合よく解釈した。四半世紀生きても彼女ができない自分を気の毒がって、神様が天使をあてがってくれたのだと。

そのため、いかにも女の子っぽい、ピンク色を基調にした部屋に招き入れられても、怪しむどころか有頂天になっていた。

（オレ、アイコちゃんとエッチできるんだ）

素人童貞とオサラバできるばかりか、女子高生といたせるのである。十八歳だから法律的にも問題はないし、しかもとびっきりの美少女なのだ。

据《す》え膳《ぜん》をいただく気まんまんで鼻息を荒くしつつ、わずかに懸念《けねん》があるとすれ

ば、彼女が本当に剛毛なのかという点であった。

(だって、こんなに可愛いんだぜ)

ギャップがあるから萌えるのは、そういう存在が珍しいからである。どこにでも当たり前にいたら、誰もそそられはしない。

要は希少価値ゆえに持て囃《はや》されるのだ。絶滅危惧種《ぜつめつきぐしゅ》と一緒である。

実際の絶滅危惧種には、こんな生き物、いてもいなくても関係ないと思えるものもいる。あくまでもイサムの個人的な感想であるが、醜悪な虫とか爬虫類とかがそれだ。

剛毛の美少女は、そういう嫌悪《けんお》を感じるものとは異なる。珍しくて、かついやらしい。男をその気にさせる魅力が凄《すさ》まじく、天然記念物にしてもいいぐらいだ。と、世間には賛同されないであろう見解を胸に、室内の匂いを胸いっぱいに吸い込む。

(ああ、なんていい匂いなんだ)

アイコ自身がまとっていたかぐわしさを、さらに濃縮したふう。彼女はここで生活し、ときに下着姿や裸体など、プライベートでしか見せない格好《かっこう》で、日常を送っているのだ。部屋中に匂いが染みつくのも当然である。

ときにはオナラをすることもあるのだろう。それから、オナニーをして股間のいやらしいパフュームを振り撒《ま》くことも。

などと、あられもない場面を想像し、たまらなくなる。ブリーフの内側で、ジュニアは早くも膨張していた。

「あ、アイコちゃん」

声をかけると、美少女はクスッと笑い、ベッドにころんと横になった。両膝を立て、膝を少し離す。そんなポーズをとればパンチラすることぐらい、重々《じゅうじゅう》承知《しょうち》しているはずなのに。

女の子の大切なゾーンを守るのは、桃色のシンプルなインナーだった。おそらく綿素材。制服姿はいかにも遊んでいるふうながら、下着はおとなしいデザインである。こういうのにも男は弱いのだ。

クロッチは幅広で、大きくずらさない限り本尊《ほんぞん》は拝めない。なのに、両脇から数本、縮れ毛がはみ出していた。なるほど、これは期待できそうだ。

「脱がしていいよ、パンツ」

アイコが嬉しい許可を与えてくれる。

「あたしの毛がどのくらいボーボーか見たいんでしょ」

「う、うん」

「たぶん、おにーさんが引いちゃうぐらいだと思うよ」

そう言って、ちょっとだけ表情を曇らせたのは、本当に引かれたらどうしようと不安を覚えたからではないのか。

(あっけらかんとしているようだけど、案外剛毛がコンプレックスなのかもな)

好きだった男にドン引きされたことがあるのだとか。そのせいでセックスができなくなっていたところ、イサムたちの会話を小耳《こみみ》に挟み、この男ならと白羽《しらは》の矢《や》を立てたのではあるまいか。

などと推測しながらベッドに上がる。イサムは彼女の足元に膝《ひざ》をつき、スカートの内側に両手を入れた。

(あれ？　ひょっとして、パンツを脱がせるのって初めてかも)

風俗嬢たちは自ら脱いだので、手を出す必要はなかった。これも初体験なのだと心が浮き立ち、薄物に指を引っ掛けて引っ張る。

アイコがおしりを浮かせたから、ピンクのパンティはするすると脚をくだった。片方の爪先からはずし、役目を終えた下着を足首に残したまま、膝を大きく離させる。

「ああん」

美少女は嘆《なげ》きながらも、恥ずかしい園を全開にした。

(うわ、すごい)

イサムは目を瞠《みは》った。本人の申告どおり、陰毛はかなりの量だったのだ。形状としては扇《おうぎ》形か。Vラインのギリギリまで、縮れ毛が恥丘全体を覆《おお》っている。しかも一本一本の存在感が顕著で、放置した庭に生えまくった雑草という眺めだ。

おまけに、それが下のほうにも続いている。肝腎《かんじん》の女芯は、毛に隠されてまったく見えなかった。

イサムはコクッとナマ唾《つば》を呑み、アイコの顔を見た。あどけない美貌《びぼう》が、泣きそうに歪《ゆが》んでいる。

「……やっぱり引いちゃう?」

心細げな問いかけに、ハートを撃ち抜かれた気がした。可愛い顔して剛毛がこんなにも煽情《せんじょう》的なのだと、実物を目の当たりにして納得する。

「全然そんなことない。すごくいいよ。オレ、もうたまんないよ」

感激で目を輝かせたはずなのに、彼女は俄《にわか》には信じられない様子だった。

「ホントに？」

眉《まゆ》をひそめ、目を潤ませる。そんな反応にも身悶《みもだ》えしたくなった。

「嘘じゃないって。ほら――」

イサムは膝立ちになると、ズボンとブリーフをまとめて脱ぎおろした。ゴムに引っかかったイチモツが、勢いよく反り返《そ》って下腹を叩く。

「え、ウソ」

アイコが頭をもたげ、目を丸くした。

「これでわかっただろ。もうギンギンなんだぜ。アイコちゃんのアソコを見ただけで、こんなになったんだ」

正確にはその前に、室内のなまめかしい香りによって勃起《ぼっき》したのである。だが、牡《おす》のシンボルが欲情をあらわにそそり立っているのを見て、彼女も素直に信じたようだ。

「ヘンタイ」

恥じらいの面差《おもざ》しで睨《にら》まれて、背すじがゾクゾクする。好きな子ほどいじめたくなる、少年時代の感覚が蘇《よみがえ》る気がした。

「ねえ、アイコちゃんのここ、舐めてもいい？」

「べつにいいけど……あ、でも──」

何か言いかけたのを無視して、伸び放題の繁みに顔を埋める。途端《とたん》に、濃密な女くささが鼻を通り、脳にまで到達した。

（おお、すごい。たまらん）

イサムはフガフガと鼻を鳴らし、こもるものを少しも逃すまいと吸い込んだ。

最初に感じたのは、ツンと刺激的なアンモニア臭。これだけ毛が多いと、オシッコのあとでいくら拭《ふ》いても無駄だろう。

加えて、チーズやヨーグルトを思わせる、発酵《はっこう》した乳製品のパフュームもあった。悩ましさを強く感じるが、少しも不快ではない。それこそヨーロッパあたりの珍しいチーズみたいに、クセになりそうなかぐわしさ。他に、熟成された汗の香りも含まれていた。

それらが混然と溶け合い、生々しくもそそられる芳香を生み出す。ケモノっぽい感じが、いっそ好ましい。

風俗嬢の秘部にも口をつけたけれど、そのときに嗅いだのはボディソープの残り香や、ローションのナマぐささだった。今のこれとはまったく別種で、無機質な印象しか持たなかった。よって、視覚的にはともかく、匂いでは昂奮しなかったのである。

イサムの目に映るのは、黒々としたジャングルだ。未だ秘苑の佇《たたず》まいは捉えていない。

にもかかわらず、昂《たかぶ》りは著しい。ガチガチに硬化したペニスが、鈴口から欲望の粘りをこぼす。下腹とのあいだに糸を引く感じがあるからわかるのだ。

「ね、ねえ、くさくないの？」

アイコが腰をよじりながら問う。口をつけられる前に戸惑ったのは、シャワーを浴びていないのを思い出したからだろう。

おかげで、美少女の正直なフレグランスを知ったのである。もちろんくさいなんて思わない。できればずっと嗅いでいたい。

だが、それでは行為が進展しない。彼女と結ばれるには、愛撫して感じさせる必要があった。経験は少なくとも、セックスはただペニスを突っ込めばいいなんて無神経な考えは持ち合わせていない。

イサムは鼻で秘叢をかき分け、女体の芯部へと至った。

ヌルッ——。

鼻先がすべる感触があり、なまめかしい匂いが強まる。

(もう濡れてたのか)

生理的な分泌物《ぶんぴつ》とは違う気がする。舌を湿地帯に這《は》わせると、「あひッ」と鋭い声がほとばしった。かなり敏感になっているようである。

男を部屋に招き入れ、行為への期待から愛液をこぼしていたのか。いや、もっと前、路上でイサムを誘惑した時点で、気分が高まっていたのかもしれない。

そうとしか思えないほどに、恥割れ内は潤っていた。たった今濡れたふうではない。舌で探ると、粘っこい蜜が絡《から》みついた。

「あ、あっ、ああッ」

アイコがよがり、息をはずませる。若腰が落ち着かなくくねった。

「ね、ねえ、舐めるのはいいから……挿《い》れて」

挿入をねだられ、イサムは即座にその気になった。股間の分身も気持ちのいい穴に入りたいと、さっきから疼《うず》いていたのである。

秘苑から口をはずすと、彼女がふうと息をつく。ねぶられたところは濡れた恥毛がべっとりと張りつき、狭間《はざま》に肌の色が見えた。

(うう、いやらしい)

淫らさを増した光景にも、ペニスがビクンと反応する。とりあえず一度射精しないことにはおさまりがつかなくなっていた。

若いからだを、できればじっくりと愛《め》でたい。それはまた改めてということにして、膝で止まっていたズボンとブリーフを脱ぐ。

「ねえ、バックでして」

アイコは身を起こし、スカートのホックをはずした。同じく下半身すっぽんぽんになり、四つん這いの姿勢を取る。

「アイコちゃん、けっこうエッチなんだね」

大胆さをからかうと、彼女は横目で睨んできた。

「バカ。早くして」

くりんと丸いおしりを向け、ぷりぷりと揺すってみせる。愛らしいおねだりに劣情《れつじょう》を沸き立たせ、イサムは彼女の真後ろに陣取った。

経験が浅い身ゆえ、バックスタイルを求められたのは幸いだった。正常位と異なり、挿れるところを目でも確認できる。腰を振るのも楽勝だ。

「もっとおしりを上げて」

指示するとアイコが顔を伏せ、腰を高く掲げる。さらに、膝も離した。

破廉恥《はれんち》な誘惑ポーズに胸を高鳴らせ、イサムはあらわに開かれた羞恥《しゅうち》帯に目を落とした。ぱっくりと割れた臀裂《でんれつ》の底に。

(え？)

さすがにギョッとしたのは、陰部から連なる毛の群れが、尻の谷間まで続いていたからである。排泄口たる可憐《かれん》なツボミも、短めの毛が取り囲んでいた。

(本当に、女の子にもケツ毛があるんだな)

驚きと感動、それからあやしいときめきも覚え、イサムはその部分を凝視した。

友人たちとは適当に話を合わせただけであったが、実物を目の当たりにして確信する。なるほど、これはかなりエロい。

「ねえ、どうしたの？」

アイコの苛立《いらだ》った声で我に返る。肛門周りの毛に見とれていたなんて知られるのは気恥ずかしくて、

「アイコちゃんって、ケツ毛が生えてるんだね」

からかうことで誤魔化した。決して悪意はなかったのである。

ところが、彼女がギョッとした顔で振り返ったものだから狼狽《ろうばい》する。

「え、ウソっ」

もしもイサムが、女心がわかる男であったなら、少女のショックを察して嘘だよと偽りを述べたであろう。しかし、彼女もいない男に、そんな芸当は無理だった。

「嘘じゃないよ。けっこうもっさり生えてるよ。男みたいに」

と、傷口に塩を塗り込めたのである。すると、アイコの目がたちまち潤み出す。

「あたしにケツ毛……そんな――」

涙がポロリと頬を伝ったことで、ようやくまずかったと察した。

「い、いや、あの――」

取り繕《つくろ》う間もなく、彼女が泣き崩れる。

「うあ、あああああ、ああーン」

ベッドに横臥《おうが》して号泣《ごうきゅう》する。顔を両手で覆い、えぐえぐとしゃくりあげた。

「ごめん。ごめんよ」

イサムがどれだけ謝り、慰めても埒《らち》が明かなかった。美少女は五分以上も泣き続けたのである。

3

ようやく泣きやんだアイコの第一声は、「責任取ってよ」であった。

「せ、責任って?」

「あたしを思いっきり辱《はずかし》めたんだから、きっちり処理してちょうだい」

「処理……ひょっとして、ケツ毛を脱毛処理しろってこと?」

泣き腫《は》らした目で思いっきり睨まれて、そういうことなのだと悟る。要は羞恥のモトを取り去ればいいのだ。

「ええと、剃ればいいのかな？」

「それだとまた生えてくるだけだし、生えかけがチクチクするのもイヤなんだけど」

だったらどうすればいいのかと困惑していると、彼女が洗面所から何やら持ってきた。脱毛用のワックスと、道具一式だった。

「これで全部抜いてちょうだい」

かくして、イサムは美少女のOラインを脱毛する羽目になった。だが、シモの毛の処理なんてやったことはない。

「これがワックスね」

一般的な化粧クリームよりは大きめの容器を開けると、中に入っていたのは蜂蜜《はちみつ》色の液体であった。アイスキャンディーの棒そっくりな、細い木のへらでかき回してみたところ、かなり粘性が高い。

「やってみせるから脚を出して」

「え、おれの？」

「当たり前じゃない。どんな感じなのか、経験しないとわからないでしょ」

イサムは反論も許されず、実験体にさせられた。

「こんなふうに毛の流れに沿って、根元までしっかり塗るの」

へらを使い、アイコがワックスを臑《すね》に塗る。臑毛が肌にべったりと張りついた。

「で、塗ったところにこれを貼って――」

短冊状のペーパーは、ただの紙ではなく不織布っぽい。それをワックスが塗られたところに載せ、彼女は指でしっかりとおさえた。

「あとはこれを剥《は》がせばいいんだけど、塗ったのとは逆方向に引っ張るの。真上じゃなく、肌と平行に勢いよくね。こんなふうに」

アイコがいきなりペーパーを剥がす。

「ぎゃっ！」

イサムはたまらず悲鳴をあげた。けっこう痛かったのだ。

「ほら、抜けたでしょ」

言われて確認すれば、確かにワックスを塗ったところだけ、臑毛が綺麗《きれい》になくなっていた。肌は若干赤くなっていたけれど。

最後に、ウエットティッシュで処理した肌を拭かれる。冷やされるのが心地よく、残っていたワックスもすぐに取れた。

「アイコちゃんは、これで脱毛してるの？」

「うん。腕とか脚はね」

さすがに陰毛は多すぎて使えないのか。

「やり方わかったでしょ。それじゃ、おしりをお願いね」

アイコは再び四つん這いになると、尻の谷間を大胆に晒《さら》した。さっき、肛門の毛を指摘されて泣いたのが嘘のように。どうせ知られたのだからと、開き直っているのか。

（ちゃんとできるかな）

不安はあったものの、実際の処理を見せられて、興味が湧いたのも事実である。けっこう面白そうではないか。

ただ、アヌス周りはデリケートだし、いきなり挑戦するのは心許ない。そこで、尾てい骨側から試してみることにした。そちらにも、細い毛が疎《まば》らに生えていたのである。

教わったとおり、下から上へと、毛の流れに沿ってワックスを塗る。ペーパーを当て、しっかり密着させてから、塗ったのと逆方向に一気に剥がした。

「つ――」

アイコが声を洩らす。尻の谷がキュッとすぼまった。

(あ、すごい)

生えていた毛が綺麗に取れたので、嬉しくなる。ならばと、いよいよ尻の毛に取りかかった。

放射状のシワの中心を境に、上と下で別々に処理することにする。最初に尾てい骨側の部分にワックスを塗った。ペーパーを貼り、下に向けて勢いよく引っ張る。

「ああっ」

悲鳴が大きくなる。抜けた毛の本数が、一回目よりも多かったためだろう。

(面白いな、これ)

今度は下側。女陰から続く毛がけっこう濃く、痛みはさらに強いかもしれない。

だが、自分は何も感じないから気楽である。

肌までしっかり塗れるよう、ワックスを丁寧にのばす。おしりや秘所を目の前にしているのに、ほとんど劣情を覚えなかったのは、脱毛に熱中していたからだ。恥芯も毛に隠れてほとんど見えなかったし。

ペーパーを貼り、勢いよく剥がす。

「きゃふッ」

甲高《かんだか》い悲鳴がほとばしった。

肛門周りはほぼ綺麗になったが、まだ少し毛が残っている。同じところを、三回までは続けて処理しても大丈夫だと教えられていたので、残っていたところにワックスを塗り、ペーパーを使った。今度は抜けた量がわずかで、アイコは声を出さなかった。

(よし、これでいいな)

目を近づけて抜き残しがないのを確認し、ウエットティッシュで拭いてあげる。

ツボミがくすぐったそうに収縮した。

「終わったよ」

声をかけると、間を置いて「うん」と返事がある。毛を抜かれる痛みを覚悟して、緊張していたようだ。

「ちゃんと綺麗になった？」

「うん。アイコちゃんのおしりの穴、すごく可愛いね」

それはお世辞ではなく、本心だった。

綺麗に整ったアナル皺《じわ》は、ちょっとくすんだピンク色で染められている。視線を感じてか、キュッとすぼまるのも愛らしい。ここから大便がもりもりと排泄される場面を思い浮かべると、いっそう悩ましい心持ちになった。

（おれ、妙なものに目覚めちゃったのか？）

そもそも女性の肛門になど、少しも関心がなかったのだ。今はときめきがとまらず、ちょっかいを出したくてたまらない。

「可愛いって……ば、バカ。ヘンタイ」

なじられると、ますますイタズラをしたくなる。

イサムは尻の谷に顔を伏せ、秘肛にチュッとキスをした。それだけでは足りず、チロチロと舐めくすぐる。

「え、な、なに？」

何をされているのか、アイコはすぐにはわからなかったようだ。だが、男の舌が中心に突き立てられたことで、ようやく悟る。

「バカバカ、やめてッ！」

若尻を振り立て、不埒な攻撃から逃れようとする。そうはさせじと、イサムは双丘を両手でがっちりと掴《つか》まえた。

ピチャピチャ……。

音を立ててアヌスをねぶると、彼女は泣きべそ声で非難した。

「ああ、あ、イヤぁ、そこ——き、キタナイのにぃ」

毛もなくなったし、ウエットティッシュで丁寧に清めたのである。何も付着していないし、不潔だなんてまったく思わない。

いや、仮に用を足した名残や匂いがあったとて、イサムは嬉々として舌を這わせたであろう。むしろ、そっちのほうが昂奮したかもしれない。

いよいよ変態街道驀進《ばくしん》かと自虐的になりつつも、アナル舐めを継続させる。程なく、アイコの抵抗が弱まった。

「あ……うう、くぅうン」

と、色めいた声をこぼすようになる。

(感じてるのかな?)

ひょっとして、新たな悦《よろこ》びに目覚めたのだろうか。舌を律動《りつどう》させつつ、秘芯を指でまさぐると、温かな蜜がまといついた。

(うわ、こんなに)

さっき以上にしとどになっている。はっきりした快感を得られているわけではなくても、尻の穴を舐められることに昂り、愛液を多量にこぼしたのではないか。

「あっ、はひッ、ひぃいいい」

敏感な肉芽をさぐると、鋭い嬌声《きょうせい》が放たれる。腰回りがビクッ、ビクッとわなないた。

「お、お願い……オチンチンを挿れて」

切なさをあらわに訴えられ、イサムも我慢できなくなった。美少女ヒップから顔を離し、「わかった」と告げて身を起こす。

硬く反り返った肉棒は、カウパー腺液で亀頭がヌルヌルだ。切っ先で恥叢をかき分け、歓喜の窪地を探し当てると、腰を前に送る。

ぬぬぬ――。

男女とも濡れていた性器が、深く交わった。

「あふン」

アイコが背中を反らせて喘《あえ》ぐ。

「おおお」

甘美な締めつけとヌメった温かさに、イサムも声をあげた。さらなる快さを求め、前後運動で女芯を抉《えぐ》る。

「あ、あ、あ、あひっ」

はずむ艶声に煽られて、腰づかいが激しさを増す。結合部から、ぬちゅぬちゅと卑猥《ひわい》な粘つきがこぼれた。

(これがセックス……なんて気持ちいいんだ！)

ソープランドでの初体験は緊張しっぱなしで、童貞を卒業した実感もあまりなかった。けれど、今は心から歓びを享受《きょうじゅ》できる。

何より、相手はとびっきり愛らしいＪＫなのだ。

「ああ、あ、いい、気持ちいいっ」

　彼女も感じてくれることで、充実した気分にもひたる。だが、昂奮しすぎていたためもあり、急角度で高まった。

「あ、アイコちゃん、おれ──」

　危ういことを伝えると、美少女が「うん、うん」とうなずいた。

「いいよ、イッても」

「え、中に出していいの？」

「それはダメぇ」

　まだ若いから、膣感覚だけで昇りつめるのは難しいのかもしれない。快感はあってももどかしくて、だから射精を許してくれたのではないか。

　イサムのほうも、膣外射精の経験などなかった。しかし、この体位ならば、いよいよというところで抜去《ばっきょ》し、自分でしごけばいいだけの話だ。不安はなかった。

（よし、ラストスパート）

　パツパツと音が立つほどに、下腹をヒップに打ちつける。激しい攻めに感覚が上向いたか、アイコが「いいの、もっとぉ」とよがり啼《な》いた。

　それが絶頂への引き金となる。

「おおお、で、出る」

未練はあったが腰を引く。抜けて反り返ったイチモツを掴み、まつわりついた淫汁を用いてヌルヌルとこすった。

「ああああっ」

オルガスムスの高波に巻かれ、濃厚な白濁液を射出する。

びゅるんッ――。

糸を引いて放たれたザーメンは、艶やかな若尻に降りかかった。綺麗にしたばかりの秘肛と、柔肌を淫らに彩る。

「ふっ、ハッ、ああ……」

最後の一滴まで気持ちよく射精してから、脱力して坐り込む。漂う牡汁の青くささに、イサムは悩ましさを募らせた。

精液とともにアルコールも抜けたようで、酔いは完全に醒めていた。

4

後始末を終えたあと、アイコが「ごめんなさい」と唐突に謝った。

「え、何が？」

「あたし、イサムさんにウソをついてたの。ホントは女子高生じゃないんだ」

なんと、二十歳の女子大生だという。居酒屋でも制服など着ていなかったのだ。

イサムよりも先に店を出て、ここでＪＫに変身し、急いで戻ったと打ち明けた。

「元カレが、女子高生のコスプレをしたあたしとエッチしたいって言ったから、実家から制服を持ってきてたの。まあ、一回しか使わなかったんだけど」

二十歳にしては童顔だから、そういうプレイを思いついたのだろう。

偽ＪＫだったと知っても、イサムはさほどショックを受けなかった。そもそも、美少女であることに変わりはないのだから。

「だけど、どうしてわざわざ高校生のフリをしたの？」

女子大生だと言われても、喜んで抱いたはずである。むしろ女子高生スタイルだったために、最初は警戒したのだ。

「だってイサムさん、可愛いのに剛毛なのが好きなんでしょ。友達との話ぶりからして、若い子がよさそうだったし」

ア〇ダマナの名前を出したから、ロリコン趣味だと思われたのか。そして、彼女の目的はセックスではなかった。

「あたし、おしりの穴の毛を、どうにかしたかったの」

そこに毛が生えていると、今日初めて知ったのではない。元カレにも指摘されたし、制服プレイでバックから攻められたときも、女子高生に尻毛があると萎《な》えると言われた。そのため、わざわざ実家から制服を持ってきたのにと腹が立ち、大喧嘩《げんか》になったそうだ。元カレとはそれが原因で別れたという。

「だけど、アソコの毛が濃いのはともかく、おしりの毛は女の子としてもイヤじゃない。それで処理したかったんだけど、自分でするのはうまくできそうにないし、エステでしてもらうのはお金がかかるし、誰かいいひとがいないかなって思ってたの」

そんなとき、居酒屋でイサムたちの会話が耳に入り、このひとならと思ったそうだ。剛毛が好きで、尻毛にも抵抗がないのなら、きっと逃げずに付き合ってくれるはずと。

ただ、初対面の相手に、おしりの穴の毛を処理してくれなんて頼むのは恥ずかしい。ドン引きされ、逃げられても困る。

だったら、そうせざるを得ない状況に持っていけばいいと、ひと芝居打ったわけである。実際はそんなことなかったのに、遊んでいるタイプの少女を装ったのだ。

「イサムさんって、話してる内容のわりに女の子に慣れてない感じがしたから、泣いたらうろたえて、言いなりになると思ったの」

イサムは恥ずかしくて、穴があったら入りたかった。年下の女子大生に、経験があまりないのを見抜かれていたのである。

「ただ、おしりの穴まで舐められるとは思わなかったけどね」

睨まれて、肩をすぼめる。これ以上恥ずかしい指摘をされたくなくて、

「ところで、おしりの方は綺麗になったけど、こっちはいいの？」

話題を変えて誤魔化した。

ふたりとも、下だけ脱いだままである。無防備に晒された股間の叢《くさむら》を指差すと、アイコは「んー」と首をひねった。

「陰毛は普通にあるものだから、濃いぐらいべつにかまわないって思ってたけど。それこそイサムさんみたいに、ボーボーのほうが昂奮する男のひともいるんだし」

「おれはけっこう好きだけど、逆にないのもアリだって思うよ。アイコちゃんは可愛いから、バッチリ似合う気がするし」

「もう……イサムさん、ホントにロリコンなんじゃないの？」

あきれた顔を見せつつも、試してみたくなったらしい。

「処理したって、どうせまた生えてくるんだし、一回ぐらいやってみてもいいかな」

「だったら、今度は剃ってみる？」

「ううん。それはイヤ。前にビキニラインだけ剃ったことがあるんだけど、カミソリ負けして赤くなったし、生えかけがチクチクして痒《かゆ》かったし」

かくして、再びワックス脱毛が行われることになった。

毛が長いままだとできないということで、まずはハサミで一、二センチの長さまでカットする。それはアイコが自分でやった。他人に刃物を使われるのは怖かったようだ。

毛が短くなった陰部は、さながら芝生《しばふ》の丘であった。秘苑の佇まいもよく見えて、割れ目からのはみ出しがほとんどないのがわかった。

(これ、パイパンになったら、かなりエロいんじゃないか)

幼女みたいな眺めになりそうだ。

陰毛は尻毛よりも一本一本が太いため、広い面積を一気に抜くのではなく、少しずつ丁寧に処理することにする。ワックスを塗り、ペーパーを貼って剥がすという一連の流れを、イサムはかなりの回数繰り返した。

かくして、股間の脱毛が完了したときには、深夜零時を回っていた。

「よし、できたよ」

無毛になった女性器に、イサムは感動せずにいられなかった。

一帯は、色素の沈着が目立たない。秘肉の合わせ目が赤らみ、ぷっくりした大陰唇がわずかにくすんでいる程度である。おまけに童顔だから、女子高生なんかよりもさらに幼く見える。

「どんな感じ？」

アイコはベッドから降りると、姿見に自身を映した。気をつけをすれば、股間には一本スジの切れ込みがあるのみだ。

「やん、これってエッチすぎる」

そう言って頬を淫蕩《いんとう》に緩《ゆる》めたところは、年相応の女の顔であった。上半身は女子高生スタイルだし、全体で見れば年齢不詳である。

「オレ、もう一回アイコちゃんとしたいんだけど」

イサムが声をかけると、彼女が振り返る。牡の股間に聳《そび》え立つものを認め、嬉しそうに目を細めた。

「しょうがないなあ」

求められて仕方なくという態度を示しながらも、わくわくした足取りでベッドに戻る。仰向《あおむ》けに寝そべると、両膝をぐいと引き寄せてM字開脚をした。

「はい、どうぞ」

秘め園を大胆に晒し、男を誘う。

アイコが濡れているのを、イサムは知っていた。脱毛処理をするあいだも、恥割れから透明な蜜が溢《あふ》れそうだったし、何度かティッシュで拭《ぬぐ》ったのである。あれはパイパンになった自身を想像して昂ったのか。それとも、毛を抜かれる痛みが快感に変わったのか。何にせよ、彼女が濡れやすいのは確からしい。

よって、やすやすと挿入できるはずだ。

イサムは脚を開いた正座のかたちで進み、アイコのヒップを膝で挟んだ。反り返る肉槍を前に傾け、ほころびかけた裂け目に穂先をあてがう。上下に動かしてこすると、たちまち温かな蜜がまといついた。

「挿れるよ」

声をかけ、前に進む。赤く腫《は》れた亀頭がぬぷりと呑み込まれ、残り部分も抵抗なく女体に侵入した。

「はうう――」

アイコが首を反らし、半裸のボディをヒクヒクと波打たせる。気のせいか、一度目の交わりよりも感度が上がっているようだ。

実際、イサムが抽送《ちゅうそう》を始めると、「ああ、ああっ」と切なげによがったのである。

「うう、お、オチンチン、気持ちいいッ」

あられもないことを口にして、息をはずませる。内部もキュウキュウとすぼまって、ペニスを心地よく締めつけた。

(これ、エロすぎるよ)

無毛の恥苑に、濡れた肉棒が出し挿れされる様を眺め下ろし、イサムは総身を震わせた。世界一いやらしいセックスをしている気分だった。

「ね、ねえ、今度はイサムさんの陰毛も処理しちゃわない？」

声を震わせての提案に、イサムは「え、どうして？」と訊き返した。

「だって、どっちも毛がなくて、それでエッチしちゃったら、すごくいやらしいと思うんだけど」

いたいけな少年少女がオトナびた行為に及ぶようだと言いたいのではないか。

(たしかにそうかもな)

脱毛されるのは痛いし、デリケートゾーンを晒すのは恥ずかしい。だが、アイコにしてもらえるのなら、安心して身を任せられる。

パイパンにされるのは、どんな気分なのだろう。もしかしたら、脱毛のペーパーを剥がされてのたうち回りながらも、ギンギンに勃起するのではないか。
そんな先のことを想像し、イサムはますます腰づかいに熱が入るのであった。

継母と娘のバラード

1

その少女は突然現れた。

「せーんぱいっ」

五月半ばの昼下がり。大学からの帰り道に、明るくはずんだ声で呼びかけられる。

(え、誰?)

日比野《ひびの》俊作《しゅんさく》は大いに戸惑った。

彼女が身にまとうのは、俊作がこの春卒業した高校の制服だ。本人も先輩と声をかけてきたから、間違いなく後輩なのだろう。

しかし、見覚えはない。

裾《すそ》がスッキリ短めのショートボブは、いかにも快活な印象だ。くりっと丸い目に、小生意気そうなへの字口。アイドルグループのセンターに立ってもおかしくない、なかなかの美少女である。

日本人男性の平均身長は一七〇センチぐらいだという。俊作はそれより一〇センチも低い。彼女はさらに小柄で、おそらく一五〇センチに届かないのではないか。制服が大きめらしく、袖《そで》をまくっているのも可愛い。

「日比野先輩ですよね？」

小首をかしげられ、俊作は「ああ、うん」とうなずいた。

「ええと、君は？」

「カオリです。竹下《たけした》カオリ」

「カオリ……○○高校の？」

「はい」

嬉しそうに口許をほころばせる、カオリと名乗る少女。笑うと目が細くなるところも、実にチャーミングだ。

「何年生？」

「二年生です」

高校生になりたてでもおかしくないぐらいのあどけなさだが、一年生なら入れ違いになる。自分を知っているわけがない。

俊作が卒業した高校は、生徒数が七百名を超えていた。二学年下なら、顔を知らなくても不思議ではない。

ただ、こんなに可愛い子なら目立つはずだ。男子たちのあいだで噂になるだろうし、まったく記憶にないというのは奇妙な話である。

その理由は、少女との次のやりとりで明らかになった。

「先輩、あたしのことわからないですよね」

「うん」

「あたし、二月に転校してきたんです」

それなら記憶にないのも納得がいく。二月は大学受験前でほぼ自由登校だったし、三月頭には卒業式だったのだ。二学年下の転校生を気にかける余裕も時間もなかった。

「なるほど。そうだったのか……」

「はい。でも、先輩のことは知ってます。卒業式で目立ってましたから」

あのことかと、俊作は無言でうなずいた。

生徒数が多くても、卒業式ではひとりひとりに卒業証書を渡すのが、俊作の高校の伝統だった。生徒は名簿順に登壇するのであるが、俊作が壇の下に進んだとき、前の女生徒が貧血でも起こしたのかよろけ、階段から落ちそうになったのだ。

俊作は咄嗟《とっさ》に動いて女生徒を支えた。その瞬間、会場が「おおー」とどよめいたのは、彼女が俊作よりも大柄だったためだろう。おかげで式は滞りなく進んだが、あとで友人たちのからかいと称賛を浴びた。

「あのときの先輩、とってもかっこよかったです。あたし、思わずきゅんとなっちゃいました」

「だけど、在校生で卒業式に出られたのって、生徒会役員ぐらいだよね」

卒業生の保護者も参列するため、全校生徒を入れたら、会場である体育館では手狭になるのだ。

「あたし、友達に付き合って、こっそりギャラリーから見てたんです。その子は好きな先輩がいて、卒業式のあとで第二ボタンをもらったんですよ」

青春だなと、俊作は羨ましくなった。自分にはまったく縁がなかったからだ。

名前こそ男っぽいけれど、見た目は低身長の上に童顔。いや、女顔なのだ。そのため、可愛いと言われることはあっても、彼氏としては頼りないと思われるらしい。好きだと告白されたことは一度もなかった。

また、俊作のほうから告白したこともない。気弱な性格で、失恋したらと考えると怖くて何もできなくなる。それは大学生になった今も変わっていない。

「ところで、先輩は大学に入って、カノジョってできました？」

興味津々《きょうみしんしん》という問いかけに、俊作はうろたえた。

「いや、彼女なんていないけど」

「そうなんですか。よかった」

安堵《あんど》の面持ちを見せられ、もしやと期待がこみ上げる。

かっこよかったとか、きゅんとなったとか、カオリは明らかに好意を抱いているようだ。ということは、付き合ってほしいと告白されるのではないか。

季節は初夏であるが、自分にも遅い春が巡ってきたようだ。生きててよかったと大袈裟《おおげさ》なことを考えたものの、彼女の次の言葉は予想と少し違っていた。

「先輩は、これから用事ってあります？」

「いや、べつにないけど」

「だったら、あたしの家に来ませんか。パパもママもいないから」

思わせぶりな笑みを浮かべての誘いに、俊作は天にも昇る心地になった。

親がいないから家に来てとなれば、目的はただひとつ。男女の親密な時間を過ごすのだ。イチャイチャしたり、キスをしたり、さらにお互いをさわりあったり――。

瞬時に妄想をふくらませたのは、そういう経験が一度としてなかったからである。

大学生になったのだから、恋人をつくって早く童貞を卒業したい。それが俊作の当面の目標であった。

しかしながら、いいなと思う女の子がいても、遠くから見つめるのが関の山。へたれな性格が変わらない限り、恋人なんてできまい。初体験もずっと先であろう。

大学に入って二ヶ月も経っていないのに、俊作は早くも希望を失いつつあった。

そのため、降って湧いたチャンスに浮かれまくる。

高校二年生だと十六ないし十七歳。確実に未成年である。淫らなことをすれば条例に引っかかるのはわかっていても、誘ったのは向こうだから問題ないと都合よく解釈する。

「家って、この近くなの？」

「はい」

「まあ、ヒマだし、べつにいいけど」

勿体《もったい》ぶって答えたものの、胸の内では餌を欲しがる犬みたいに、尻尾を振りまくっていたのだ。

2

カオリの家は住宅街にある、ごく普通の一戸建てであった。彼女は鍵を出して玄関のドアを解錠すると、

「どうぞ、上がってください」

笑顔で俊作を招き入れた。

「お、お邪魔します」

他に家族がいないとわかっていても、ビクビクしてしまう。美少女とふたりっきりということで、今さら緊張してきた。

(──て、だらしないぞ)

自らを叱《しか》りつけても、何せ初めての経験なのだ。平常心を維持するのは困難である。

ここに来るまでのあいだも、俊作はカオリの質問に答え、彼女の話に相槌《あいづち》を打つのみだった。自分から振った話題はゼロ。何を話せばいいのかわからなかったし、不用意な発言でボロを出して、異性に慣れていないとバレたらみっともない。寡黙《かもく》なほうが男らしいだろうと、逃げの姿勢に徹したのだ。

要は自分に自信がないのである。そのくせ初体験ができるのではないかと、いやらしい期待だけはふくれあがっていた。

話を聞く限りにおいて、カオリはけっこう奔放《ほんぽう》らしかった。前の学校では三人と付き合ったけれど、彼らはデートのたびにエッチしたがったから、がっついていないほうがいいなどとあけすけに語った。それに、並んで歩きながら俊作の腕や背中に触れるなど、ボディタッチが頻繁だった。男慣れしているのは間違いない。

そのくせ、俊作に付き合ってほしいとは告げなかった。なのに部屋に呼ぶのは、まずはカラダの相性を確かめて、合格だったら改めて彼氏にということなのだろう。

（やっぱり処女じゃないんだな）

可愛いのに男とヤリまくっていたなんて、正直モヤモヤする。だが、そのおかげで童貞を卒業できるのなら御《おん》の字だ。

そんなふうに決めつけていたものだから、二階のカオリの部屋に通されて、壁際のベッドを目にするなり膝が震えた。

（僕はここでカオリちゃんと――）

失敗せずにできるだろうかと、不安がこみ上げる。いや、彼女は経験者なのだ。きっとリードしてくれるに違いない。

「こっちに坐《すわ》って」

先にベッドに腰掛けたカオリが、隣をポンポンと叩く。

（ええい。しっかりしろ）

俊作はよろけそうな歩みを立て直し、彼女に近づいた。

「し――失礼します」

年下相手に完全に引けていたものだから、言葉遣いも他人行儀になる。クスッと笑われて、耳がやたらと熱かった。視線も落ち着かず、室内のあちらこちらを眺める。

女の子の部屋にはぬいぐるみや人形がたくさんあり、カーテンや寝具などもピンクを基調にした華やかな彩りだと想像していた。けれど、ぬいぐるみはベッドの上に大きなものがひとつあるのみ。色彩も落ち着いたパステルカラーで、実にシンプルだった。

学習机の上はきちんと片付いている。大きな本棚にも漫画や雑誌は見当たらない。けっこう真面目で勉強家らしい。

ということは、部屋に招いたのはセックスをするためではないのか。早く経験したくて焦るあまり、先走った期待をしてしまったようである。

(まったく、何を考えてたんだよ)

欲望を募らせすぎて、目がギラついていたのではないか。だが、カオリが警戒していない様子なので、とりあえず安堵する。

警戒どころか、彼女はいっそう親密な態度を示した。おしりをずらし、俊作にぴったりくっついたのである。

ふわ――。

ミルクのような甘い香りが悩ましい。外で並んで歩いていたときには、ここまで気にならなかったのに。

(女の子って、どうしていい匂いがするんだろう……)

中高生のときにも女生徒の近くで、同じようなかぐわしさにうっとりしたのだ。思い出して、心臓が音高く鼓動を鳴らす。気が弱くて女の子と会話すらできなかったあの頃を、やり直すような心持ちになった。

「先輩って、これまで何人ぐらいと付き合ったんですか?」

カオリが下から見あげるように訊《たず》ねる。果実のような甘酸っぱい息がまともにかかり、頭がクラクラした。

「付き合ったことなんてないよ」

「ひとりも?」

「うん」

「じゃあドーテーなんですか？」

ストレートな単語を口にされた上に、あどけない少女が目を丸くする。俊作は恥ずかしくてたまらなかった。

「そうだけど……」

情けなくも肯定すると、彼女は嬉しそうに目を細めた。

「じゃあ、エッチなことがしたくてたまんないですよね。カワイイ顔してるけど、先輩だってヤリたい盛りの男の子なんだし」

カオリに欲望を抱いているのを悟られた気がしてギョッとする。認めたら疑われると思い、「そんなことないさ」と否定すると、彼女の手が素早く動いた。

「え、ちょっと──あ、ああっ」

制止する間もなく股間を掴《つか》まれ、ゾクッとする快感が生じる。

「あれ、もうタッてるの？」

カオリが小首をかしげ、ズボン越しに内容物をニギニギする。初体験への期待からふくらみかけていたそこが、刺激を受けて一気に膨張した。

それにより、快感も大きくなる。

「あ、あっ」

俊作は声をあげ、膝をカクカクと震わせた。直接ではないとは言え、初めて異性にペニスをさわられたのである。もしやという期待があったのは確かながら、彼女がここまで積極的だなんて予想もしなかった。

「だ、駄目だよ」

呼吸を乱しながらたしなめても、まったく説得力がなかったであろう。なぜなら分身は漲《みなぎ》って硬くなり、逞《たくま》しい脈動をいたいけな指に伝えていたのだから。

「でも、オチンチンはもっとしてほしいみたいだよ」

やはり彼女は経験豊富なのだ。にんまりと悪戯《いたずら》っぽい笑みを浮かべ、牡《おす》の高まりからいったん手をはずす。ホッとしたのも束《つか》の間、またも許可を得ずにズボンの前を開いた。

「はい、おしりを上げて」

もはや先輩も後輩もなかった。タメ口での命令に逆らえず、のろのろと腰を浮かせる。完全に操られた状態であった。

結果、ズボンとブリーフをまとめて脱がされてしまう。

「あ、そんな」

いきなり恥ずかしいところをあらわにされて、俊作は焦った。そそり立つモノを咄嗟に隠そうとしたが、それよりも早くカオリに握られる。

「ううう」

美少女の手指の柔らかさは凶悪的だった。目のくらむ快さが、からだの芯までじんわりと浸透する。

「わ、かったーい」

はしゃいだ声に反応する余裕もなく、急速にこみあげる感覚にうろたえるのみ。

(ああ、まずい)

俊作は奥歯を噛み締めて、迫り来るオルガスムスを抑え込もうとした。けれど、その努力をあざ笑うみたいに、カオリが握り手を上下させる。

「あ、あ、だ、駄目。出ちゃう」

危機的な状況であることを口にするなり、根元を強く握られる。屹立《きつりつ》がビクンビクンとしゃくりあげ、鈴口に白く濁った粘液が丸く溜まった。

「あふっ、ふう、はぁ……」

射精直後みたいに息を荒ぶらせつつ、どうにか爆発を回避する。

「ホントにイッちゃいそうだったの？」

あどけない面差《おもざ》しが訊ねる。わかっているくせに、わざわざ質問するなんて。

まさに小悪魔か。

「う、うん……」

「でも、まだイッちゃダメだよ。これからもっとキモチいいことをするんだから」

俊作は、ベッドに仰《あおむ》向けで寝るよう促された。膝で止まっていたズボンとブリーフを奪われ、下半身すっぽんぽんになる。

（これからセックスするのかな……）

この体勢だと騎乗位で童貞を奪われることになりそうだ。初めてだから、そのほうが俊作も気が楽だった。

ところが、カオリは彼の腰ではなく、胸に跨《また》がったのである。それも、おしりを顔のほうに向けて。

（え？）

戸惑ったのは一瞬だった。彼女がスカートをたくし上げ、ピンクのパンティをあらわにしたからだ。

間近で目にしたパンチラ、いやパンモロに、軽い目眩《めまい》を覚える。小柄のわりにボリュームのある双丘に、薄布がぴっちりと張りつく様が殊《こと》の外《ほか》エロチックだ。甘ったるいミルク臭もいっそう濃くなって、悩ましさが募る。

見ているだけで吸い込まれそうな魅惑の丸み。それが視界いっぱいになったから、俊作は無意識に頭をもたげたのかと思った。

しかし、実は逆だったのである。接近したのはヒップのほうだった。

「むううう」

柔らかな重みが顔全体にのしかかり、呼吸が一瞬止まる。酸素を確保すべく、鼻から息を吸い込めば、酸味を増した秘臭が流れ込んできた。

(ああ、すごい)

クセのあるチーズのようなかぐわしさに、頭がクラクラする。これがアソコの匂いなのかと感動し、深々と吸い込まずにいられなかった。

「うふ。おまんこのいい匂いする?」

俊作は衝撃を受けた。何しろとびっきりの美少女が、禁断の四文字を口にしたのである。童貞の青年にとっては、天変地異にも匹敵する事件であった。

おかげで、今にもほとばしらせそうに分身が脈打つ。それを柔らかな手指が再び握った。

「わ、すごい。さっきよりも硬くなってる」

カオリが楽しげに言い、強《こわ》ばりきったモノをしごく。さっき、ほとばしらせそうになったばかりなのだ。そんなことをすればどうなるのかなんて、わかっているはずなのに。

「むふふふふふぅ」

快美の波に巻かれて、腰がガクッ、ガクンとはずむ。息が荒ぶり、淫臭を多量に吸い込んだことで、意識が遠のきかけた。

そうなれば、忍耐を維持することは不可能だ。

「むっ、む、うう、むはッ」

全身が愉悦《ゆえつ》にまみれ、牡のエキスが屹立の中心を駆け抜ける。その瞬間、顔に乗っていたヒップが浮きあがった。

チュウッ――。

今まさにザーメンが放たれようというところで、尖端を強く吸われる。カオリが口をつけたのだ。射精がぐんとスピードを増し、快感が倍増した。

「うはっ、あ、ああああ、うう」

俊作は全身を波打たせ、幾度にも分けて熱い体液をほとばしらせた。それらはすべて、美少女にすすり取られたようである。

(これ、すごすぎる――)

体内のエキスをすべて吸われるかのような、爆発的な快感。喉がゼイゼイと鳴り、からだのあちこちが感電したみたいにわなないた。

チュパッ……ピチャピチャ――。

カオリが亀頭を口に入れてしゃぶる。頭がボーッとして、もはや何も考えられない。俊作の神経は悦《よろこ》びにのみ支配されていた。

力を失いかけた秘茎が、根元からくびれにむかって強くしごかれる。尿道に残っていたぶんが溢《あふ》れ、それも逃さず吸われた。

「くうう」

射精後で過敏になった粘膜を刺激され、たまらず身をよじる。カオリが上から離れると、俊作は著しい脱力感にまみれ、ベッドの上で手足をのばした。

（……何だったんだ、今の？）

これまで経験した射精とは段違いの気持ちよさだ。気怠《けだる》い余韻もなかなか引かず、ときおり肌がピクッと痙攣《けいれん》する。

顔を覗き込まれる気配がして瞼《まぶた》を開く。目の前でカオリがほほ笑んでいた。

「先輩の精子、すっごく濃かったよ。喉に絡《から》んで飲みにくかったもん」

ということは、彼女は受け止めた牡の体液を胃に落としたのだ。いったいどうしてそこまでしてくれたのだろう。感謝よりも、俊作は戸惑いのほうが大きかった。

3

そのとき、階下から物音がした。玄関のほうらしい。

途端に、カオリが顔色を変える。

「いけない。ママが帰ってきた」

これには、俊作も激しく動揺した。なぜなら自分は下半身丸出しで、娘のベッドにいるのである。

「どど、どうしよう」

焦って起きあがろうとすると、

「ダメッ、起きないで」

カオリに制止される。さらに、全身を掛布団ですっぽりと隠された。

「動かないで、じっとしてて」

こんなことで誤魔化せるのか不安だったものの、彼女を信じるより他ない。俊作は仰向けの姿勢でからだをなるべく平らにし、呼吸も最小限に抑えた。

(まあ、部屋に入ってこられなければだいじょうぶか……)

あとは隙《すき》を見て、家から脱出するしかない。そう考えたとき、階段をあがる足音が聞こえたものだから、心臓が止まりそうになった。

(え、ここに来るのか?)

まずいと焦ったとき、自らのしくじりに気がつく。玄関に脱いだ靴があるのだ。

それを見て、母親は男が来ているとわかったのではないか。

息を殺して聞き耳を立てていると、部屋のドアが開く。カオリが母親と押し問答をしているようだ。

（まずい……まずいぞ！）

会話の内容は聞き取れないものの、争う気配がある。頼むから母親を追い返してくれと、胸の内でカオリを応援する俊作であったが、間もなく誰かがベッドに近づいてきた。

バサッ――。

掛布団を引っ剥《ぱ》がされる。万事休すだ。俊作は反射的に目をつぶり、股間を両手で隠した。

「キャッ！」

悲鳴が聞こえる。カオリの母親に見つかってしまったのだ。フルチンのみっともない姿で、娘のベッドに隠れていたところを。

まだセックスはしていませんなんて弁明が通用するとは思えない。未成年の少女と淫らなことをしたのは事実なのだ。最悪警察を呼ばれるか、少なくともカオリの父親が帰宅するまで待つことになるだろう。

(もうおしまいだ……)

この件を大学に通報されたら、退学になるかもしれない。両親にも責められ、思い描いていた未来図が無に帰するのだ。身の破滅である。

ほんの短い時間にそこまで考えて、暗澹《あんたん》たる気分に苛《さいな》まれたとき、

「どういうつもりなの、ママ!?」

苛立《いらだ》った問いかけに(あれ?)となる。明らかにカオリの声ではなかったからだ。

訳がわからず瞼を開いた俊作は、意外な人物を目撃して混乱した。

高校時代のクラスメートで、名簿番号が俊作のすぐ前の速水奈緒《はやみなお》だ。卒業式のとき、階段から落ちそうになったのを助けてあげた女生徒である。

(え、えっ どういうこと?)

奈緒は泣きそうな顔で両手の拳《こぶし》を握り、ドアのところにいるカオリを睨《にら》んでいる。ひょっとして妹なのかと思えば、

「どういうつもりって、奈緒のためじゃない。ママに感謝してもいいぐらいだわ」

悪びれる様子のない美少女に、ますます訳がわからなくなる。

（カオリちゃん、今、自分のことをママって言わなかったか？）

奈緒もさっき、カオリをママと呼んだのである。では、カオリは奈緒の母親なのか。

「──いや、そんな馬鹿な！」

俊作は思わず叫んでいた。

ふたりが親子で、カオリのほうが母親だというのは事実であった。さすがに血の繋《つな》がりはなく、奈緒の実母が早逝したあと、カオリは後妻として速水家に嫁いだという。

それでも、見た目十代の美少女が実は三十代だと知って、俊作は驚愕《きょうがく》した。

「あたしはもともと童顔だし、メイクをうまくやれば十代に変身するぐらい簡単だもの。背がちっちゃいから、余計に若く見えるし」

正体を明かされたあとも女子高生としか思えず、ベッドに腰掛けた俊作は戸惑い気味にうなずいた。まだ下半身を脱いだままで、落ち着かなかったためもある。

奈緒の父親が再婚したのは、彼女が小学校に入って間もなくだったという。新しい母親――カオリは若く見えたために親しみやすく、明るい性格もあってすぐになついたそうだ。

俊作と同じく大学生になった奈緒は、見た目だけならカオリよりも年上である。いや、彼女が高校生のときだってそうだったろう。

奈緒は身長が一七〇センチ近い上に、顔立ちも大人っぽい。だからこそ、卒業式で俊作が助けたとき、会場がどよめいたのである。

ただ、性格は控え目でおとなしい。教室でもあまり喋《しゃべ》らず、ひとりでいることが多かった気がする。

「奈緒ちゃんはね、俊作君のことがずっと好きだったのよ」

カオリに教えられても、俊作は俄《にわか》には信じられなかった。だが、奈緒が真っ赤になって俯《うつむ》いたから、どうやら本当らしい。

「卒業式で階段から落ちそうになったのだって、すぐ後ろに俊作君がいるから緊張しすぎて、足元が覚束《おぼつか》なくなったせいだっていうじゃない」

それほどまでに想いを寄せていても、シャイな奈緒は告白などできず、大学も

別々になってしまった。その後も俊作を忘れられず、卒業アルバムを開いてはため息をつく義理の娘のために、

「だから、あたしがひと肌脱いだってわけ」

カオリが得意げに胸を反らす。着ている制服は奈緒のもので、サイズが合わずに袖をまくっていたのだ。スカートもウエストを折り込んで調節したのだろう。

ちなみに、最初に名乗った竹下は旧姓とのこと。この家に着いたとき表札をちゃんと確認すれば、俊作ももっと早くからくりに気がついたかもしれない。

（ていうか、カオリさん、ひと肌脱ぐの意味を間違ってるんじゃないか？）

俊作はあきれ返った。騙《だま》して家まで連れてきたのはともかく、どうして淫らなことをする必要があったのか。

「奈緒ちゃんが片想いをしているのは前から知ってたんだけど、卒業式で奈緒ちゃんを助けてくれたのを見て、あたしも俊作君を気に入ったの。だから、ふたりには是非お付き合いしてほしかったんだけど、奈緒ちゃんの性格じゃ告白なんて無理じゃない。俊作君も純情だってわかったから、ふたりに任せたら埒《らち》が明かないと思って、ちょっと手荒な方法を取らせてもらったのよ」

俊作に手を出したのは、女に慣れてもらうためだとカオリは言った。そのことを奈緒に隠すつもりはさらさらなく、むしろ、

「早く告白しないと、他の女に取られるわよって教えたかったの」

とのことだった。

あくまでも義理の娘のためと主張するカオリに、俊作は本当だろうかと訝《いぶか》った。それにしては、ノリノリで似非《えせ》女子高生を演じていた気がするのだが。

「奈緒ちゃんも大学生になったんだし、いつまでもウジウジ悩んでるようじゃダメよ。好きなひとには、ちゃんと好きって伝えられるようにならなくちゃ。そんなんじゃ、バージンのままオバアチャンになっちゃうわよ」

継母《ままはは》のお説教に、大学生の娘が顔を歪《ゆが》める。そんなことはわかっていると言いたげに。

そのくせ、俊作のほうをチラ見すると、焦って顔を背けた。

（……速水さんが僕のことを？）

正直、高校時代は異性として意識したことがなかった。名簿順だと彼女の次で、他の女生徒よりは近くにいる機会が多かったにもかかわらず。低身長がコンプレ

ックスだったし、自分なんか相手にされまいと決めつけていたためもあったろう。

奈緒はモデルっぽい美人顔である。彼女に笑いかけられたら、恋に落ちる男子も少なくあるまい。よって、密かに想いを寄せられていたと知って、俊作の胸はドキドキと高鳴った。

(だったら、もっと早く言ってくれればよかったのに)

だが、お互いにシャイだったのだ。それこそ、カオリがこんなふうに引き合わせなかったら、たとえ偶然再会したとしても、言葉を交わすことすらなかったと思われる。

「そういうわけだから、あなたたち、今ここでエッチしなさい」

カオリの命令に、俊作と奈緒は同じような反応を示した。あからさまに狼狽《ろうばい》し、何か言おうとしても言葉が出てこない。そして、お互いを見るなり焦って顔を背《そむ》けた。

「ほら、ふたりともそういう感じだから、まずはお付き合いをしてなんて言ってられないのよ。デートしたって、手も握れずに黙りこくったまま時間を過ごすのが関の山だわ。しまいには、どうしようもなくなって別れちゃうの。そんなんじゃお互いに傷つくばかりだし、最初っから既成事実をこしらえたほうがいいのよ」

正直、無茶苦茶な主張だと思わないではなかった。いくら義理の母親でも、娘に男との性交渉を勧めるなんて許されるのかと。

しかしながら、そうでもしないと関係が進展しないのもまた事実。俊作だって、この部屋に来て終始リードされっぱなしで、何も手出しできなかったのだから。

「わかったわね。ほら、奈緒ちゃんもさっさと準備して」

見た目美少女の母親に急きたてられ、処女の女子大生が泣きそうに目を潤ませた。

4

（うう、こんなのって——）

俊作はベッドに腰掛け、かつて経験したことのない羞恥《しゅうち》に身を震わせた。何しろ素っ裸にさせられ、股間を手で隠すことも許されなかったのだから。

おまけに三十代の人妻と、元クラスメートの女子大生に、恥ずかしいところをまじまじと観察されている。しかも、ふたりとも下着姿だ。

カオリのほうはスポーツタイプのハーフトップと、飾り気のない桃色のパンティ。胸のふくらみはなだらかで、制服を脱いでもいたいけな印象は変わらない。

奈緒は白いレースで装飾された藍《あい》色の上下だ。出るところの出た女らしいからだを、いっそうセクシーに映えさせる。見た目だけなら、母と娘が完全に逆であった。

(速水さんのお父さん、ひょっとしてロリコンなのか?)

だからカオリと結婚したのではないかと疑念を抱く。

もっとも、奈緒は亡くなった実母に似ているとのことだから、見た目ではなく性格に惹《ひ》かれて後妻にしたのだろう。明るくて子供好きなところが、愛娘の母親に相応《ふさわ》しいと考えて。まあ、好きな男との性的行為をお膳立てするとは、さすがに想像もしなかったであろうが。

「これが普通の状態のオチンチンよ」

力なく垂れさがった秘茎を前に、カオリが解説する。

「さっき、たくさん精子を出したから小さくなってるけど、昂奮すると大きくなって、かたちも変わっちゃうの。そのぐらいは知ってるわよね」

奈緒が小さくうなずく。大学生で、すでに成人年齢なのである。性的な知識は相応《そうおう》にあるのだろう。

「……ママがいやらしいことをして出させたの？」

質問に、ロリ母が「そうよ」と答える。

「俊作君はカワイイ顔してるから、ママが手を出さなくたって、他の女にヤラれちゃったかもしれないのよ。いい？　好きな子がいたら、ちゃんと告白しなきゃダメ。でないと手遅れになっちゃうから」

カオリは奈緒の手首を掴むと、牡の股間へと導いた。

「ほら、さわってみて」

そこまでされては抵抗できなかったらしい。また、奈緒自身にも触れたい気持ちがあったのか。長くて綺麗な指が、軟らかな器官をそっと摘《つ》まむ。

「うう」

くすぐったいような快美が背すじを駆けのぼり、俊作は腰を震わせて呻《うめ》いた。

（速水さんが、僕のチンポを――）

高校時代の彼女が脳裏に蘇《よみがえ》る。教室で、静かに本を読んでいた姿を浮かべるなり、海綿体に血液が殺到した。

「え、え――」

奈緒がうろたえる。二本の指で支えただけのペニスが、ぐんぐんとふくらんだからだ。

それは下向きから水平へと角度を変え、包皮も剥《む》けて赤い頭部が剥き出しになる。最終的に、ナマ白い肉胴に血管を浮かせ、天井を向いてそそり立った。

「ほら、俊作君も奈緒ちゃんにさわられてうれしいから、ボッキしちゃったのよ」

カオリに言われて、奈緒の頬がちょっとだけ緩《ゆる》んだ。好きな男をエレクトさせられて、喜びを感じたらしい。

おそらく、最初から勃起《ぼっき》したモノを見せられたら、嫌悪が勝ったはず。あるいは昂奮状態になるところを見せるために、カオリは事前に射精させたのか。

「しっかり握ってみて」

命じられるままに、処女の指が五本とも屹立に巻きつく。キュッと力を込められ、俊作はたまらず「ああ」と声を洩《も》らした。

「ほら感じてる。奈緒ちゃんの手がキモチいいのよ」

「……そうなの？」

「そうよ。どんな感じ？」

「硬くって熱い。それに、ビクビクしてる」

「それもキモチいい証拠なの」

アドバイスをするほうが幼い見た目のため、俊作は妙な気分であった。声がキャラクターに合っていないアニメを見せられているかのようで、現実感を失いそうになる。

「フェラチオって知ってる？」

「……うん」

「やってみて。好きな子のオチンチンなら舐《な》められるでしょ」

「で、でも」

「何事も挑戦よ。それに、俊作君もしてもらいたいはずだから」

奈緒が上目づかいで見つめてくる。『そうなの？』という顔をされ、俊作は反射的にうなずいてしまった。

「さ、早く」

継母にも促され、彼女は手にした肉器官に怖《お》ず怖ずと顔を寄せた。悩ましげに小鼻をふくらませたから、牡の蒸れた匂いを嗅いだのだろう。特に嫌ではなかったようで、張りつめた亀頭をペロリとひと舐めした。

「あうう」

俊作はのけ反《ぞ》り、膝をガクガクと震わせた。ほんの味見程度の接触だったのに、電流みたいな快感が生じたのである。バージンの元クラスメートに舐められた背徳感も、悦《よろこ》びを高めたようだ。

反応に気をよくしたのか、奈緒が積極的に舌を這《は》わせる。肉棒を下から上へと舐めあげ、包皮の継ぎ目のところでチロチロと舌先を震わせた。そこが敏感なポイントだと知っていたわけではなく、正面からだと狙いやすかったのであろう。

「あ、あ、ううう、ああっ」

俊作は声をあげどおしだった。亀頭をすっぽりと頬張られ、飴玉みたいにしゃぶられたものだから、いよいよ危うくなる。

おまけに、横から手を差しのべたカオリが、陰嚢をさすったのである。

「ここは男の子の急所だけど、優しくさわってあげるとキモチいいのよ」

「あああ、だ、駄目」

俊作が窮状《きゅうじょう》を訴えたことで、奈緒も納得したらしい。雄々《おお》しくしゃくりあげる牡棒から口をはずし、なるほどという顔を見せた。

頬《ほお》を紅潮させた彼女は、女らしく成長した腰回りを揺らしている。自らも快感がほしくなっているのではないか。

「じゃ、次は奈緒ちゃんがキモチよくしてもらう番ね」

カオリも悟ったらしく、次の展開を促す。言われるまま、奈緒はベッドに身を横たえたから、やはりその気になっていたのだ。

それでもさすがに恥ずかしかったようで、両手で顔を覆《おお》った。

「じゃあ、パンツを脱がせてあげなさい」

ロリ母に命じられてベッドにあがり、俊作は藍色の薄物に手をかけた。そろそろと引きおろせば、恥丘に逆立つ秘毛が現れる。

（あ、濡れてる）

脚をくだるあいだに裏返ったパンティは、秘部に密着していたところに半透明の粘液が付着していた。乾いていないから、ペニスを愛撫しながら滲《にじ》ませた蜜汁なのだ。

「俊作のオチンチンを見たんだから、奈緒ちゃんもおまんこを見せるのよ」

露骨な命令に、女子大生の肩がピクッと震える。それでも脚を開き、膝を立てて陰部をあらわにしたから健気《けなげ》である。

（これが速水さんのアソコ――）

俊作は身を屈め、秘められたところに顔を寄せた。叢《くさむら》の中にひそむ裂け目と、そこからはみ出した肉色の花弁に目を凝《こ》らす。

初めて目の当たりにした実物の女性器は、ネットで見た無修正動画のものと変わりがなかった。だが、知っている異性の秘め園だけに、無性にいやらしい。

酸っぱい匂いが漂ってくる。下着越しに嗅いだカオリの秘臭よりも、発酵した趣が強いようだ。オシッコの残り香も感じられる。

「オチンチンを挿《い》れる前に、いっぱい濡らさなくちゃいけないの。さ、おまんこを舐めてあげて」

継母の指示に、奈緒が「あ、待って」と焦る。

「どうしたの？」

「そこ、洗ってないし……くさいから」

女の子としては気になるのであろう。

「バカね。男の子は、女の子のエッチな匂いが好きなのよ。昂奮するし、俊作君だって舐めたいわよね」

自らも顔面騎乗で秘臭を嗅がせたカオリは、確信があるようだ。実際、俊作はあからさまな女くささを、胸いっぱいに吸い込んでいたのである。

さりとて、そうだと認めるのは気恥ずかしく、無言で恥芯にくちづける。

「あんッ」

奈緒がビクンと腰を震わせ、湿った恥割れをすぼめた。

そこはなまめかしい匂いほどに味はなく、わずかな塩気を感じる程度である。

彼女の控え目な性格そのもののようで好ましく、俊作は抉《えぐ》るようにねぶった。

「あ、あ、ああッ」

洩れる声が大きくなる。女の子が感じるところはここだったよなと、知識にのっとって敏感な肉芽を探ると、若腰が浮きあがった。

「やんっ、そ、そこぉ」

どうやら目当てのポイントを捉えたらしい。嬉しくなり、一点集中で舌を律動《りつどう》させる。

「くぅうーン」

喘《あえ》ぎ声のトーンが変わる。上目づかいで窺《うかが》えば、いつの間にかブラジャーがはずされ、カオリが乳房の頂上に口をつけていた。

よがる我が子を見て、ちょっかいを出さずにいられなくなったのか。子供におっぱいを与えるのならわかるが、これではあべこべである。

それでも、女同士の戯《たわむ》れがやけにいやらしい。煽《あお》られて舌づかいがねちっこくなる。

「イヤイヤ、あ、ダメぇ」

奈緒が切なげに身をよじる。かなり高まってきたようで、下腹がせわしなく波打った。

（これならイカせられるかも）

このあとセックスをすることになっても、初めてで昇りつめることはあるまい。

ならば、その前にクンニリングスで頂上に導きたい。カオリも協力してくれているし、どうにかなりそうである。

俊作はクリトリスを重点的に攻め、恥割れに溜まった愛液をすすった。元クラスメートのよがり声に、劣情《れつじょう》を高めながら。

「ああ、あ、ダメ、も、もう――」

いよいよ極まったふうな奈緒であったが、

「あふンッ!」

鋭い声を放ち、裸体をガクンとはずませる。あとはハァハァと深い呼吸を繰り返すのみとなった。

(え、イッたのか?)

アダルト動画で見たような、派手な絶頂ではなくて拍子抜けする。もっとも、それだけにリアルだったのも確かだ。

「イッたのね、奈緒ちゃん。キモチよかった?」

継母の問いかけに、娘は答えない。ただ胸を上下させるのみであった。

「じゃあ、次はいよいよ初エッチね」

カオリの言葉に、奈緒が身を堅くする。開いていた脚もギュッと閉じた。

「……ホントにしなくちゃダメ？」

不安げな面持ちで訊ねる。直前になって、破瓜《はか》の恐怖がふくれあがったようだ。

「そうよ。奈緒ちゃんだって、俊作君にバージンをあげたいでしょ」

「それは……でも――」

「オチンチンがおっきいから、おまんこに入るかどうか不安なの？」

ストレートな質問に、顔を赤らめながらもコクリとうなずく処女。

「だったら、お手本を見せてあげるわ」

手を引いて起こされた奈緒に代わって、俊作が仰向けになるよう指示される。何をするのかと思えば、カオリがパンティを脱いだ。

三十代の立派な大人でも、見た目が幼いのに合わせて秘毛も薄い。本数も密度も、大学生の継子《ままこ》の半分もなさそうだ。脚を開かなくても幼女みたいなワレメが見えた。

だが、女としての経験は豊富なのだ。小柄なボディが牡腰を跨ぎ、強ばりきった筒肉を逆手で握る。赤みを著しくした亀頭を、女体の底部にこすりつけた。

「あん」

艶っぽい声を洩らし、ハーフトップのみの半裸体を震わせる。娘の乳首を吸いながら昂《たかぶ》っていたのか、切っ先がミゾに沿ってヌルヌルとすべった。

「よく見てて」

言われて、奈緒は継母のおしり側から股間を覗き込んだ。半泣きの複雑な表情は、好きな男の初めてを奪われることへの戸惑いからだろうか。

それでも、自らが経験する前に、どんな感じなのか知っておきたかったようである。

(速水さん、カオリさんに依存しすぎなんじゃないか?)

カオリが俊作を部屋へ連れ込み、弄《もてあそ》んだことも許したのである。内気なふたりを付き合わせるためという目的があったとしても、明らかにやり過ぎなのに。

おそらく奈緒にとって、カオリは単なる継母ではないのだ。見た目の若さや、明るくてぐいぐい来る性格もあってか、姉であり、親友でもあるのだろう。

そこには親子以上の信頼関係があり、恋人同士に匹敵する深い情愛も感じられる。

だからこそ、目の前で好きな男の童貞が奪われることも受け入れられるのだ。

この調子だと、仮に奈緒と結婚して、彼女が生理や妊娠でセックスができないときなど、性処理の代役をカオリに頼むではないか。そんな未来を想像していると、

「挿れるわよ」

カオリが腰を落とす。亀頭の丸みが濡れ割れにめり込み、関門にぶつかった。狭いところを圧し広げる感じがあって間もなく、
ぬるん――。

不意に抵抗がなくなる。ペニスが熱い潤みにずぶずぶと入り込んだ。

「ああーン」

うっとりした声音と、分身にぴっちりとまつわりつく感触で、彼女と結ばれたのだとわかった。

「ああ……」

しゃぶられたのも快かったが、それ以上の充実した歓喜を味わう。きゅむきゅむと全体を締めつけられ、親愛の情すら感じた。

（僕、セックスしたんだ——）

童貞を卒業した感激にもひたり、総身がブルッと震える。それはオルガスムスのとば口を捉えた証でもあった。

「あ、あ、出ます」

焦って告げると、さすがにカオリも狼狽を浮かべた。

「え、もう？」

だが、何を思ったのか前屈みになり、俊作の両脇に手を突いてヒップを上げ下げする。しかも、膣口をキツくすぼめて。

「あああ、だ、駄目です。もう——」

目のくらむ悦びに、頭の芯がキュウッと絞られる。もはや堪えるすべはなく、俊作は絶頂の波濤《はとう》に巻き込まれた。

ドクッ、ドクンっ——。

牡のエキスを勢いよく噴きあげる。これから付き合うはずの女の子の、継母の膣奥に。

「あ、オチンチンがビクビクって……タマタマも持ちあがってる」

奈緒の声が聞こえた。女体内で射精する瞬間を、その目でしっかり捉えたのだ。

（うう、また出しちゃった……）

だらしないと自己嫌悪に陥った直後、

「――え？　あ、あああっ！」

俊作はのけ反り、悩乱の声を放った。射精したにもかかわらず、カオリが休みなく腰の上下運動を続けたからである。

頂上にイキ着き、過敏になった牡器官を摩擦される。頭がおかしくなりそうな気持ちよさに、少しもじっとしていられない。

「だ、駄目です。もう出ませんっ！」

必死で訴えてもどこ吹く風。グチュグチュと卑猥《ひわい》な音がこぼれるほどの強烈な逆ピストンを浴びせられ、悶絶《もんぜつ》しそうになる。

（ほんとに死んじゃうよ……）

天国の門が見えた気がしたとき、ようやくカオリが静止した。

「ふう」

ひと息つき、腰をそろそろと上げる。ペニスが女芯からヌルリとはずれ落ちる感覚があった。

「ほら、これなら続けてできるでしょ」

得意げな声が耳に入る。どういうことかと、荒ぶる呼吸を持て余しつつ頭をもたげれば、泡立った白濁汁にまみれた分身が視界に入った。

なんと、それは未だに力を漲らせたままだったのである。射精後も刺激されたおかげで、海綿体が充血をキープしたらしい。

（カオリさん、こうなるとわかってて——）

見た目はあどけない少女でも、実年齢なりの経験を積んでいるのだと思い知る。

「さ、起きて」

俊作は手を引っ張られ、気怠さにまみれつつも身を起こした。

再び奈緒がベッドに身を横たえる。さっきクンニリングスを受け入れたときと同じポーズを取った。

「俊作君、キスしてあげて」

もはやカオリの意のままに動くしかない。絶頂の余韻がしつこく続いている中、俊作は処女の裸身に重なった。

間近で見つめ合う元クラスメート同士。彼女とこんな関係になったのが不思議でありながら、少しも悪い気がしない。今はむしろ運命のように感じられる。

「速水さん」

呼びかけると、奈緒が恥ずかしそうに目を伏せる。

「……下の名前で呼んで」

「奈緒ちゃん」

「ああ、俊作君」

縋《すが》りついてきた彼女をしっかりと抱きしめ、俊作は唇を重ねた。

これが初めてのくちづけなのに、舌を差し入れて深く絡め合う。そうせずにいられないほど、互いを強く求めたのである。

後ろから手が差し入れられ、牡の強ばりを処女地へと導く。男女の淫汁をまといつけたそれが、穢《けが》れなき蜜も掬《すく》い取り、入るべきところを潤滑した。

「さ、いいわよ」

声をかけられて唇を離す。濡れた目で見つめ合い、同時にうなずく。

「奈緒ちゃん」

「俊作君」

名前を呼び合い、ふたりは深く結ばれた。

「ああッ」

未踏の地を切り裂かれ、奈緒が悲鳴をあげる。けれど逃げようとはせず、初めてを捧げた男にしがみついた。

「だいじょうぶ？」

「うん……俊作君、わ、わたしの中にも出して。いっぱい」

切なる要望に応え、俊作は猛《たけ》る陽根を力強く抜き挿しした。

「あ、あっ」

奈緒の声が、いつしか甘やかなものに変わる。女らしく成長した肉体が、早くも交わりに馴染んだのか。

「それじゃ、あとはごゆっくり」

役目を終えたカオリが、パンティを拾いあげて脚を通す。ベッドを軋《きし》ませる若い恋人たちを振り返り、満足げな笑みを浮かべた。

「あーあ、あたしもパパが帰ってきたら、たっぷりと可愛がってもらわなくっちやね」

彼女が出ていったあとも、室内にはなまめかしい喘ぎ声が続いた。

初出一覧

ロリまま　「新鮮小説」２０２２年10月号
ママ友はロリ熟女　「新鮮小説」２０２２年12月号
やり直しロストバージン　「新鮮小説」２０２３年２月号
合法！　女子高生妻　「新鮮小説」２０２２年８月号
ケツ毛少女のたくらみ　「新鮮小説」２０２３年４月号
『尻毛美少女のたくらみ』改題
継母と娘のバラード　「新鮮小説」２０２３年６月号

紅文庫

ロリータの罠《わな》

橘《たちばな》 真児《しんじ》

2023年7月15日　第1刷発行

企画／松村由貴（大航海）
DTP／遠藤智子

編集人／田村耕士
発行人／長嶋博文
発売元／株式会社ジーウォーク
〒153-0051 東京都目黒区上目黒1-16-8 Yファームビル6F
電話 03-6452-3118
FAX 03-6452-3110

印刷製本／中央精版印刷株式会社

ISBN978-4-86717-583-5

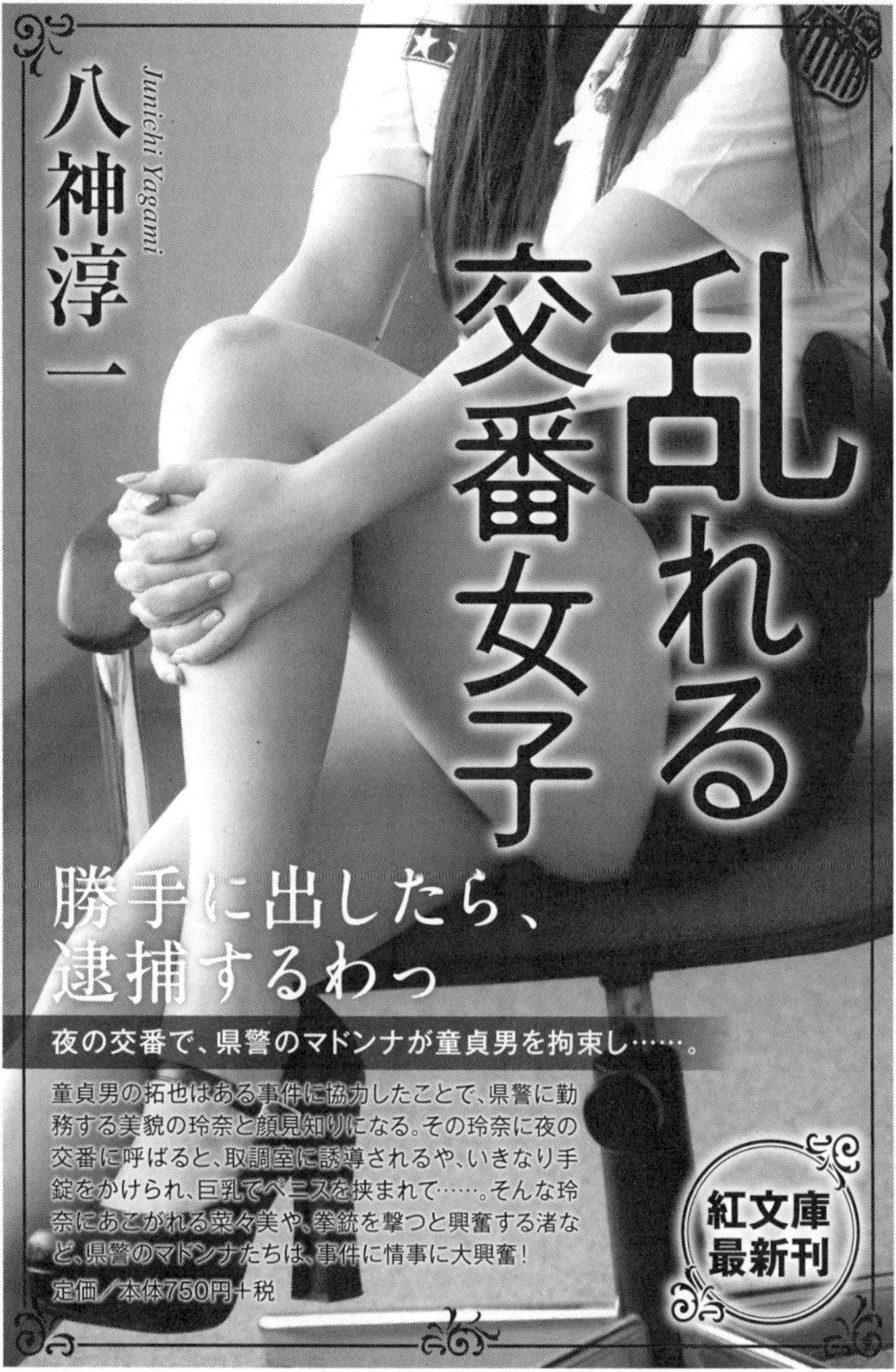

八神淳一
Junichi Yagami
乱れる交番女子
勝手に出したら、
逮捕するわっ
夜の交番で、県警のマドンナが童貞男を拘束し……。
童貞男の拓也はある事件に協力したことで、県警に勤務する美貌の玲奈と顔見知りになる。その玲奈に夜の交番に呼ばると、取調室に誘導されるや、いきなり手錠をかけられ、巨乳でペニスを挟まれて……。そんな玲奈にあこがれる菜々美や、拳銃を撃つと興奮する渚など、県警のマドンナたちは、事件に情事に大興奮!
定価／本体750円＋税
紅文庫
最新刊